Scripto

Shaïne Cassim

QU'EST-CE QU'ON FOUT ICI

Gallimard

To you. To us.
To the eternal summer.

«Je me regardais avancer comme dans un miroir
sans me laisser distraire par rien ni m'absorber
dans le paysage grandiose mais trop vu,
et je riais de moi, et je me demandais
qui j'étais et ce que je faisais au monde.»

Blaise Cendrars

PATRICIA

Une envie de rester assise dans le noir. 1

Avant toi.

C'est un monde de brouillards tenaces, d'aspiration à autre chose sans savoir quoi.

Avant toi, je ne suis qu'une envie de rester assise dans le noir.

Ça commence dans la cour de la maison d'une fête assez alcoolisée dont je n'attends pas grand-chose à part danser jusqu'au petit matin.

Toujours se méfier des soirs où l'on n'attend pas grand-chose.

Je suis sortie prendre l'air. Tu étais dans le jardin, la démarche chancelante.

Tu es venu t'asseoir près de moi sur le perron.

Je ne savais pas comment te séduire. Ni quoi te dire. Je voulais que tu te souviennes de moi. Ce n'était pas tout à fait de l'orgueil, je ne crois pas. Je voulais juste ne pas être une fille comme une autre à tes yeux. Ne pas être n'importe quelle fille pour toi.

Je te revois. Je me revois. Je m'entends :

– Est-ce que ça te dirait de coucher avec moi ?

Je t'entends: Faut voir. Là, je suis un peu bourré. C'est inhabituel de demander, tu sais. Je veux dire «demander», et pas «provoquer», ou «faire en sorte que»... Demander. C'est inhabituel. Je précise tout de suite ce n'est pas parce que cela émane d'une fille, que je suis choqué, ni rien de ce genre. Je trouve ça inhabituel.

Moi: Je comprends.

Toi: Faut que je réfléchisse.

Toi de nouveau: De toute façon, on se recroise au lycée. Faut que je réfléchisse, tu vois?

Moi: Prends ton temps, Julian.

Toi: Tu prononces mon prénom à l'anglaise, j'aime bien. Je ne me reconnais pas quand on m'appelle en français.

Moi (tentative minable de conversation): Tu es né là-bas?

Toi (faisant un petit effort de sociabilité): Oui. Shoreditch. *The best place ever.* Est-ce que j'ai ton téléphone?

Moi: Ça m'étonnerait. Je ne suis pas une de tes groupies. Je te trouve désirable de loin.

Toi: Tu me... quoi?

Moi: Oublie, tu es trop bourré.

Toi: J'ai pourtant le vague souvenir de t'avoir posé une question.

Moi: Tu n'as pas mon numéro, non. Je te le donne si tu veux. (Je me sens provocante, ultime, sexy, nihiliste.)

Toi (yeux clos, paupières baissées, traversées de tremblements, ne voyant pas en quoi je suis à cet instant provocante, ultime, sexy, nihiliste.): ok. Vas-y.

Moi : Tu t'imagines que tu vas le retenir de tête ? Dans ton état ?

Toi : Vas-y.

J'ai dit exprès le numéro de téléphone fixe de la maison. Si tu t'en es aperçu, tu n'as pas fait de commentaires. Mais tu l'as retenu. Et tu m'as appelée. Enfin pas tout de suite, mais toujours est-il que oui, quelques jours plus tard, tu m'as appelée.

2. Une vague envie que ça m'arrive un jour…

Je lis *Passion simple* d'Annie Ernaux parce que ma sœur aînée, Aline, m'a raconté sa vibrante lecture de ce livre (« qui n'est pas un roman, mais un récit comptable de chaque émotion et pensée qu'éprouve une femme sous l'empire de la passion, décrit sans aucun jugement moral », d'après Aline toujours). Grâce à ce livre, elle ne regrette plus l'histoire tragique et dévorante qui l'a mise à genoux devant Alix pendant deux ans. Elle a commencé à parler d'être à genoux et de supplier pour le sexe, de tête qui tourne et de perte de soi dans un abîme sans bien ni mal, dénué de morale sociale, quand ma mère, qui assistait très gênée à cette conversation, ou plutôt à ce monologue, s'est levée précipitamment, a sorti ledit livre de l'étagère et me l'a agité sous le nez en ajoutant, fébrile « Le mieux est que tu te rendes compte par toi-même. »

Alors je lis *Passion simple*. Aline a raison, on est dans l'incapacité de juger cette femme. On n'éprouve ni empathie, ni compassion, ni dégoût ni répulsion, on est comme elle, figé, pris dans les rets de l'attente, avec quelque part dans un coin de notre tête une vague envie que ça ne nous arrive jamais, une vague envie que ça nous arrive un jour. J'en étais là de mes réflexions quand le téléphone a sonné dans la maison déserte. J'ai attendu en vain, en l'absence d'une autre présence humaine que la mienne, que le chat qui me regardait de ses yeux fauves, décroche le téléphone.

– Une fois de plus, tu m'as déçue, Hurluberlu, ai-je déclaré à la bête aux yeux fauves.

En prenant soin de coincer le livre sous mon bras, j'ai décroché en marmonnant « Oui ? » et ta voix un peu cassée, ou plus précisément ensommeillée, ou légèrement dégradée par quelque chose qui ressemblait à l'insomnie, oui c'est ça, ta voix légèrement dégradée par l'absence de sommeil, a déclaré « Puis-je parler à Patricia Rosset ? »

– C'est elle-même, ai-je dit. À qui parle-t-elle ?

– Tu sais très bien à qui tu parles.

– Je suis occupée. Il faut que je raccroche. Merci d'avoir appelé.

Hurluberlu m'a regardée en plissant les yeux depuis l'accoudoir du canapé.

Il paraît que quand les chats plissent les yeux, ça veut dire qu'ils sourient.

– Va te faire voir, Hurluberlu.

Nous sommes à peu près un an et demi après cette rencontre à la fête alcoolisée où nous nous sommes parlé pour la première fois. Mes yeux sont fixés sur le portail du square désert que je viens d'escalader, où je me suis réfugiée pour fuir ma chambre, pour fuir cet endroit où j'étais quand tu as appelé.

Un peu avant 5 heures ce matin, tu m'as dit au téléphone «C'est fini, Patricia. Toi et moi c'est fini, darling», et tu as raccroché, et je ne comprends pas, je ne comprends rien.

Les sanglots me font vaciller comme si un être invisible me secouait de toutes ses forces.

Ta voix hypnotique me quitte, elle serpente loin de moi, s'écoule vers la rivière, près de là où tu habites, entrant dans un monde où je n'existe pas. Plus j'essaie de le retenir, plus ton timbre si particulier s'évanouit. Ton accent anglais qui surgit parfois à l'improviste, la musique lente de tes mots, avalés tout crus par la façade verte des arbustes qui se dressent devant le trottoir.

J'ai aussi l'impression que cette haie de chlorophylle m'isole du reste du monde, là où je devrais pourtant me trouver, avec toi. C'est comme si j'étais passée du mauvais côté du monde, seule ici, à l'intérieur du square.

– Saloperie de mauvais côté du monde, ai-je chuchoté un drôle de goût dans la bouche, une huile d'amande amère écorchant ma gorge.

Quelque chose en moi se fige alors, comme apaisé et enfin mort. Débarrassé de la souffrance, de la difficulté à respirer, de l'impossibilité de vivre l'instant d'après. Tout cela arrive, alors même que l'effluve du chèvrefeuille dans le square s'efface aussi, comme si cette odeur prenait vie loin de moi, et s'en allant loin d'où je suis, devenait légère, malicieuse, voyageuse, libre de son mouvement dans l'air qui reste mouillé d'une rosée vouée à disparaître, elle aussi.

Je ne peux plus bouger du tout.

C'est *cheerful*, le mot que je cherche en anglais depuis que je suis sortie de la maison. *More cheerful, less zombie*, je m'ordonne en appuyant sur une touche de mon portable. Ne fais pas peur aux gens, ne les alarme pas, ne sois pas une victime, ne sois pas une pleureuse, encore moins une peureuse, *be cheerful*.

Très consciente de tout ce qui se passe, je suis à fleur de peau, j'entendrais même le bruit d'une feuille qui tombe au sol tant mes sens sont en éveil, je n'arrive pourtant guère à aligner deux pensées, chaque sensation est un camion qui se fracasse contre mon corps.

Je me vois agir, mais c'est comme si c'était moi au cinéma, moi qui me vois sur un écran dans un état de dévastation avancé et pourtant faisant le geste banal de téléphoner.

Une sorte d'ahurissement me gagne à l'idée de composer un numéro de téléphone alors que je suis une bouillie d'os et de sang, mise en morceaux par la voix brûlée d'insomnie d'un mec merveilleux.

– Salut Aline, ai-je dit. Je ne peux plus bouger du tout.

– C'est Alix. Aline n'est pas là. Qu'est-ce que je peux faire pour toi, Patricia ?

– Rien de bien difficile. Passe-moi Aline.

– Je te dis qu'elle n'est pas là. Elle est allée à Lyon pour la journée. Est-ce que ça va ?

– Qu'est-ce que tu fous là ? Vous êtes de nouveau ensemble ?

– Peut-être. Je n'en sais rien. Restons prudents.

– La prudence, c'est un truc moyen, non ? Tu es quelqu'un de moyen ? Tu désires une vie moyenne ? Tu as une drôle de voix, ça n'a pas l'air d'aller.

– Non, ça ne va pas fort.

– Ah. Où es-tu ?

– Au square. Tu sais, le square où il y a du chèvrefeuille en pagaille ?

– Le square Tortue ?

– Peut-être. Je ne sais pas. Je n'ai jamais su comment il s'appelait.

– Est-ce que tu pleures, pourquoi tu pleures ?

– Je ne me sens pas particulièrement traversée par la joie, si tu veux savoir.

– Est-ce que... Tu as eu un accident ? Tu t'es fait mal ?

– Oui, j'ai très mal, ai-je dit en souriant malgré moi.

– Quelqu'un est près de toi ?

– Personne n'est près de moi. C'est comme si j'étais sortie de mon corps pour supporter la douleur. Est-ce que tu comprends ce que je dis ?

– Ne bouge pas. Je vais venir. J'arrive. Dans dix minutes, d'accord ?

– Je ne bouge pas, je promets. De toute façon, je suis clouée sur place ainsi que je l'ai précisé.

On ne dit rien de nombreuses secondes qui s'étirent sans trouver de limite qui permettrait d'y mettre fin.

Une violente envie de combler ce vide me saisit, de le remplir au plus vite, vite, vite, vite mettre du langage partout, prononcer des mots comme on déroule les lances à eau pour éteindre l'incendie. Je ne sais pas quoi raconter alors je raconte des conneries, j'explique qu'une migraine naissante me donne la nausée, etc.

– Laisse-moi dix minutes, me coupe Alix. Le temps d'arriver. Je suis déjà presque là.

– Tu es déjà presque là, ai-je répété en hochant la tête, même si ce n'est pas vrai, même si ça ne suffit pas.

De toute façon, nous sommes insatiables, rien ne nous suffit jamais, rien n'est jamais assez.

3. À dans pas trop longtemps

Après le tout premier appel de Julian, j'ai séché le lycée trois jours avant que ma mère s'aperçoive que je n'étais pas malade, juste je glandais en robe de chambre à motifs japonais à la maison. J'ai déambulé de longues heures, histoire de savoir si le temps passant, je recouvrais une certaine estime de moi-même.

– Tu te prends pour une héroïne d'opéra ? a-t-elle déclaré en articulant à l'extrême chacun des mots.

– Pardon ? ai-je dit abasourdie.

– Je ne sais pas, tu prends des grands airs. Genre tragédienne hautaine. On en a parlé avec Aline hier. Elle est d'accord avec moi.

– Et Hurluberlu ? Tu lui as demandé ?

– Il dit pareil, a-t-elle rétorqué, imperturbable. Pour le lycée, tu y vas à pied, en vélo ou je te dépose en voiture ?

– C'est bon, n'en fais pas trop non plus.

– Et lave-toi les cheveux, s'il te plaît. Je condamne cette négligence, cela ne présage rien de bon. On peut savoir ce que tu as ?

– Non. Sache juste que ça a à voir avec l'humiliation, et qu'en conséquence je ne souhaite pas en parler. Surtout avec toi, ai-je ajouté avec perfidie.

– Tu comptes quand même continuer ta prépa, n'est-ce pas ?

– Cela va sans dire, ai-je bravement affirmé. Je suis bien consciente que la prépa BCPST n'est pas une partie de plaisir. Mais je m'y suis engagée, alors j'irai jusqu'au bout.

Provisoirement rassurée, elle a replongé dans les affres des multiples applications sur son téléphone portable et n'a plus daigné s'intéresser à moi, à mon grand soulagement. La composante sociopathe de sa personnalité me sauvera toujours de toute intrusion. Ma mère a horreur des émotions, elle les combat avec autant de vigilance que les microbes.

– Ah, Patricia, une dernière chose. Je pars trois mois en Californie. Je viens d'avoir la confirmation. Un labo me propose de donner des cours et de rencontrer un chercheur dont le travail et le mien peuvent se nourrir. Tu seras avec Aline. Elle revient s'installer ici, du moins le temps de mon séjour. Ça te va ?

– Pourquoi ça ne m'irait pas ? ai-je dit un peu froide, assez légère. J'adore la compagnie d'Aline.

– Alors c'est réglé, a-t-elle répondu d'une voix égale.

Je l'ai regardée un instant, puis je me suis dit *Laisse tomber, au fond, ça t'arrange qu'elle s'en aille.*

Un peu amère de n'avoir pas savouré davantage cet épisode de trois jours en robe de chambre à motifs japonais, je suis montée dans ma chambre en traînant des pieds. J'ai essayé de rester le plus calme possible pour combattre le ridicule de ma prestation téléphonique qui me hantait davantage que la perspective d'étudier les sciences de la Terre pendant les longs mois d'hiver.

Le lendemain, je me suis présentée en cours à la dernière minute, exprès. Deux ou trois personnes m'ont lancé un regard interrogateur que j'ai ignoré.

N'étant pas affublée de meilleur(e) ami(e), ne faisant partie d'aucune bande ou de quelque groupe que ce soit, je n'étais pas trop inquiète qu'on se précipite vers moi pour obtenir des explications quant à mon absence momentanée.

La journée s'est passée sans encombre. Sans croiser Julian. J'avais le cœur à siffloter. Je célébrais intérieurement un retour à la normale.

Préparer ma sortie vélo de samedi.

Retrouver les copains du vélo-club de Séligny.

Ordonnancer la vie afin qu'il n'arrive rien de plus qu'une dispute entre cyclistes amateurs.

Certains voulaient emprunter les premiers lacets au pied de la montagne avant de rejoindre le lac, d'autres faire un grand détour pour prendre une route plus facile, par les villages. Un passage par la bibliothèque m'aiderait à me faire mon opinion. Une tennis bleu clair s'est glissée dans la porte quand j'ai voulu la refermer.

– Ah, c'est toi, ai-je constaté d'une voix presque soulagée.

– Tu es difficile à trouver, a chuchoté Julian.

– Ce n'est pas la peine de chuchoter, on n'est pas à la bibliothèque de l'université d'Oxford.

Un élève s'est impatienté alors que nous restions plantés devant l'entrée du bâtiment.

– Vous entrez ou vous sortez ? Vous pouvez vous décider ?

– J'y vais, a dit Julian en reculant, à dans pas trop longtemps ? J'ai bien avancé dans ma réflexion.

– À dans pas trop longtemps, ai-je répété, ignorant sciemment la seconde partie de sa phrase.

Bien sûr, je me suis retournée pour contempler sa démarche chaloupée qui lui donnait une allure légèrement hésitante, son pas presque paresseux.

Bien sûr, Julian s'est retourné parce qu'il était évident que je le regardais, la surprise étant que je n'ai trouvé ni étonnement ni triomphe sur ses traits.

D'un air content, il a mimé les mots « À dans pas trop longtemps » et je me souviens très exactement avoir pensé *Putain, ça craint,* tout en souriant pour montrer combien j'étais socialement à l'aise.

Sa silhouette longiligne a repris son chemin sur son inimitable tempo félin. Elle rétrécissait à mesure que la distance croissait entre nous et j'avais une pointe de regret devant cette inébranlable logique spatio-temporelle.

Je pouvais deviner la courbe de ses fesses dans son jean usé, ce qui m'a aussitôt flanqué un vertige au creux de la poitrine.

Alors je me suis avoué la vérité, dans un insupportable élan de lucidité, comme traversée de la tête aux pieds par la réalité des faits, j'ai accepté, je me suis inclinée *Tu es une groupie, Patricia, toi aussi tu mates son cul.*

« Je suis déjà presque là », avait promis Alix alors que je patientais dans le square au chèvrefeuille en pagaille.

Je me suis demandé si la vie ne se passait pas à attendre quelque chose toujours en retard d'un siècle. À espérer quelqu'un perpétuellement sur le point d'arriver.

Un genre d'escroquerie permanente destinée à entretenir l'espoir, notre espoir.

Le nourrir d'attente, le gorger de cet effluve malfaisant, en imbiber tous nos tissus, nos muscles et nos os, et une fois qu'on est rincé de fatigue et d'espoir, la vie nous jette à terre.

Comme des animaux haletants, à bout de forces, ne songeant même plus à nous révolter, on baisse les paupières, vaincus.

Allez viens, casse-nous la figure maintenant que nous sommes éperdus. Figée dans ce square, je suis de nouveau renversée par des phrases que tu as prononcées. Qui me percutent en pleine figure, me blessent jusqu'au creux des paumes, à l'endroit où les désirs inavouables sont comme de petits clous qui entaillent la peau.

Tu parles dans mon crâne, et je ne sais même plus si tu as vraiment dit ces choses, à part certaines bribes dont je suis absolument sûre.

« Il faut en profiter, Patricia, profites-en, on invente des heures qui ne sont pas rentables, on voyage sans carte d'identité sociale, on peut dormir dans n'importe quelle chambre de n'importe quel hôtel miteux au monde, dans ce lit, je peux être une fille et toi un garçon, on habite un endroit aux fondations tracées à la craie, ceci est notre véritable pays, sa seule démocratie chante dans nos veines, *and here, where we are together, there is no fucking borders* », déclares-tu un matin où tu bois un café avec moi, dans mon lit. Tes traits tirés me bouleversent parce que je sais pourquoi tu es triste, que je ne peux rien y faire, et que ça me fait aussi crever à petit feu.

Alors aujourd'hui, je dois penser quoi ?

Est-ce l'existence qui se fout de ma gueule, ou est-ce toi ?

Est-ce toi qui ne crois plus en ce nous clandestin, ou est-ce seulement toi qui n'as jamais cru en rien ? On dirait bien que tu as détruit notre hôtel miteux aux fondations nuageuses, Julian.

Quand Alix est enfin arrivée, je grelottais, j'étais entrée dans un hiver absolu, aussi je multipliais les gestes de lutte contre le froid. Je combattais le frisson avec des stratégies minables. Les bras serrés autour de ma taille, je sautillais pour me réchauffer, j'ai déclaré avec une fermeté que je ne me connaissais pas :

– Ne me dis pas *Un jour, ça ne fera plus aussi mal. Un jour, tu seras plus forte. Un jour, ça te servira à avancer...* rien de tout ce charabia de merde. Garde ce genre de conneries pour les gens qui vénèrent la résilience. Je ne veux pas de cette sorte de putasserie là.

– D'accord, Patricia, a accepté Alix d'une voix très douce.

– Putain, Alix, je suis anéantie, tu sais ?

Elle m'a prise par le bras pour qu'on s'assoie sur le banc sous le chèvrefeuille.

– Je suppose qu'il s'agit de Julian.

– Comment tu sais ? ai-je chuchoté.

Ses yeux se sont plissés parce qu'elle riait sans bruit.

– Aline m'a dit qu'elle l'avait croisé une fois et que si elle avait été hétéro, elle aurait vendu son âme au diable pour qu'il lui rende seulement son sourire.

– Quelle salope, ai-je soupiré.

– Oui, a approuvé Alix, quelle salope.

Elle a étendu ses jambes fuselées et passé les mains derrière la nuque. Son calme olympien me donnait envie de hurler, et en même temps sauvait mon monde. Son attitude ordinaire me forçait à une forme de tranquillité, presque par capillarité.

Je lui ai raconté la basket bleue qui empêche la porte de la bibliothèque de se refermer, ce qui s'est passé quelques jours après.

Un champ magnétique bien plus grand que la seule beauté. 4

Après l'épisode de la bibliothèque, j'ai croisé Julian deux ou trois fois dans la semaine. Il m'a ignorée, ou a fait comme s'il ne m'avait pas vue. Ce qui occupait le centre de mon cerveau était peut-être retourné en périphérie du sien. Quant à moi, je suivais la plus simple des lignes de conduite. Rattraper mon retard dans les cours, suivre le programme de lectures à la lettre, me ruer à la bibliothèque à la première minute de libre, ne pas m'attarder pour boire un verre au café en fin de journée. Peut-être que notre discussion l'avait amusé un temps, et maintenant, assez rigolé, il reprenait le fil de sa vie. Le caractère saugrenu de cet épisode alcoolisé à la fête me crevait les yeux, même si bizarrement je n'en concevais aucun regret.

Le vendredi soir après le dîner, je suis restée discuter dans la cuisine avec Aline qui s'était de nouveau installée à la maison.

– Tu as la mine sombre. Tu travailles trop. Voilà ce qui te guette, m'a-t-elle menacée en agitant *La Femme gelée*, un autre texte d'Annie Ernaux.

– Je n'aime pas trop que tu me menaces avec un livre, ai-je éludé. Un livre, c'est censé être pacifique.

Elle m'a contemplée d'un air songeur et attristé.

– Que d'illusions, jeune enfant. Il est temps qu'il t'arrive des bricoles.

– Comment ça ? ai-je dit méfiante.

– Je ne sais pas, un truc renversant.

– Comme tomber de vélo pendant une sortie avec le club ? ai-je dit exprès.

– Fous-toi de ma gueule. Tu te fous de ma gueule, n'est-ce pas ?

– À ton avis ?

– Des fois, je me demande vraiment si tu n'as pas un don pour imiter la sottise à la perfection.

– Je confirme. Ce talent me sert d'ailleurs à de très nombreuses occasions.

– Pourquoi se faire passer pour plus idiot qu'on n'est ?

– Pour avoir la paix.

– C'est parce que tu attends trop de tes semblables. Trop d'idéalisme nuit à la joie de vivre.

J'ai failli lui confier dans quel pétrin je me trouvais. Comment cette irrépressible attirance maintenant qu'elle avait été formulée m'encombrait au lieu de m'avoir allégé l'esprit. J'ai renoncé en voyant son expression avide de savoir ce que je cachais, tel Hurluberlu passant l'air de rien devant une tasse de lait crémeux.

– Donne-moi ton bouquin. Je n'ai rien prévu ce

week-end, à part une sortie à vélo demain, et comme tu as l'air d'insinuer que je n'ai pas de vie, je vais m'informer sur ce que tu entends par « t'arriver des bricoles ».

Elle m'a tendu son ouvrage aussitôt. *Pour l'instant,* me suis-je dit soulagée, *j'échappe à une de ces grandes discussions dont Aline a le secret et qui m'épuisent pendant plusieurs jours.*

Je suis allée dans le garage pour préparer mon vélo, vérifier mon matériel, prise dans cette légère excitation de la journée à venir. J'ai mis mon réveil pour retrouver les copains au local du vélo-club, contente de rouler de longues heures dans la région par ce samedi froid et radieux.

Quand j'ai vu le visage de Georges-Henri le lendemain aux aurores, sa silhouette affûtée dans son cuissard aux couleurs de son équipe cycliste favorite, l'étau dans ma poitrine s'est desserré.

Dès les premières pentes au sortir de la ville, j'ai démarré comme une furie, semant la quinzaine de coureurs en file indienne.

Des exclamations m'ont accompagnée quelques mètres, j'ai continué sans me retourner.

La majesté du paysage écrasait l'arrogance de ma ridicule échappée mais je poursuivais mon effort, muscles brûlants, dents serrées, enfermée dans une colère que je n'avais pas devinée.

– T'es pas un peu timbrée ? Tu veux cracher tes poumons et mettre pied à terre dans un kilomètre ou quoi ? m'a tancée Georges-Henri me rejoignant cinq minutes plus tard.

– Ta gueule, j'ai pensé les larmes aux yeux, juste ta gueule.

– Tu crois que je ne t'entends pas, espèce d'imbécile ? a-t-il hurlé.

On s'est écroulés sur le talus après une montée particulièrement traître et interminable comme je les aime, à peu près deux heures plus tard.

– Plus jamais, ai-je haleté, en posant mon vélo sur le bas-côté, laissant mes poumons chercher de l'air, bouche grande ouverte. Je fais don de ma machine au club dès ce soir.

À bout de souffle aussi, Georges-Henri s'est effondré sur l'herbe en grommelant « me fais pas rire, je n'en ai plus la capacité pulmonaire ».

Le paysage au loin ressemblait à une immense barrière mousseuse, d'un vert intense que mouchetaient çà et là quelques touches plus mates. Un ciel lumineux inondait de sa clarté aveuglante les bouquets de conifères, une eau bleu glacé dégoulinait entre les arbres, le long de la vallée, côté est, tout était illuminé. Submergée par la qualité du silence tout juste troué par la vie des oiseaux alentour, ou la respiration irrégulière du vent dans les ailes d'un rapace volant haut, je me suis étirée avec précaution, avec lenteur. L'œil posé sur le lac en contrebas, je me lavais de mon irritation.

Nos souffles apaisés, nous nous sommes désaltérés à petites gorgées.

– C'est beau comme dans un dessin d'enfant, a dit Georges-Henri. On a beaucoup de chance d'habiter cette région. Tu as le courage de descendre nager après le casse-croûte ?

– Je reste ici, je suis crevée. J'ai les jambes qui brûlent. Mais vas-y, toi.

– Tu ne regrettes pas d'avoir planté le groupe, j'imagine ?

– Non, mais on va sans doute le payer, ai-je répondu. Ils vont dire que lorsqu'on fait une sortie, il y a une feuille de route, des règles à respecter.

– Oh, laisse, va. Ça leur passera, ils sont gentils au fond. Un peu conventionnels mais gentils.

On a mangé du pain de seigle et des fromages de chèvre racornis qui collaient aux dents. Des olives noires très salées. Une compote de pomme à la cannelle et des figues trop mûres, ou pas assez. Tout était dégueulasse mais tout paraissait délicieux. J'ai sorti la mini-thermos de café que j'avais préparée et on a bu le liquide brûlant en étant sûrs d'être au bon endroit de nos vies.

– Patricia ?

– Tout va bien, ai-je répondu un peu trop vite.

Georges-Henri a souri mais n'a rien ajouté. C'est le doyen du vélo-club et une figure de la ville, il a été cycliste professionnel quelques années avant de raccrocher et de s'occuper de ses deux magasins de vélo, Cyclos et Cie 1 et Cyclos et Cie 2. À soixante-dix ans, il pouvait rouler quatre heures d'affilée, avec une élégance souple, une cadence de pédalage fluide, contrairement à nous autres qui étions cuits au bout de deux heures, langue pendante, bave au menton, pédalant sans grâce avec les oreilles. Quand j'arrivais à le suivre, j'étais la plus heureuse du monde. Notre complicité s'était naturellement ancrée dans une camaraderie harmonieuse, en présence l'un de l'autre, nous devenions légers et pudiques, quoique traversés parfois par de noires diagonales[1] qui éteignaient nos sourires.

Ainsi l'an passé, à la mort de mon père.

Après les funérailles, je n'avais qu'une hâte, fuir ma mère, ma sœur, ma famille proche et éloignée pour retrouver Georges-Henri. La violence sourde qui coulait de leurs regards et les non-dits qui les accompagneraient probablement jusqu'au prochain enterrement. Ils étaient incapables d'une émotion dénuée de ressentiment, il s'agissait de faire bonne figure mais de mauvaise grâce, montrer avec des efforts visibles à l'œil nu l'image d'une famille unie, pour sauver quelles apparences et auprès de qui, je n'en avais aucune idée.

Même leurs silences sonnaient faux, j'étais glacée.

Même leurs piques humoristiques étaient lancées sur le ton de l'avertissement, celui qui induit justement *Attention, on ne plaisante plus*.

La deuxième gifle de cette journée à marquer d'une pierre blanche avait été qu'on témoignait du respect, de l'admiration, de la crainte envers mon père, mais pas une personne n'avait dit qu'elle l'aimait. Il avait vécu en retrait, distant, plutôt aigri et assez méprisant, il était mort en laissant la même impression aux vivants.

En égrenant poliment les « amen » de circonstance à la cérémonie religieuse, je m'étais juré de fuir celle que j'avais été programmée à devenir, quitte à bouleverser toute la sphère dans laquelle je vivais. Même

---

1 Noire diagonale : ligne spatio-temporelle où on trouve toutes ces choses qui ont le pouvoir de nous détruire en moins d'une minute, d'après une théorie de Georges-Henri.

Aline que j'adorais pourtant, les jours où la noire diagonale traversait ma vie, je la foutais à la poubelle, avec une si minuscule culpabilité désormais que je sentais l'étau se desserrer en temps réel dans la poitrine.

J'avais foutu le camp aussitôt après le cimetière pour me planquer chez Georges-Henri.

Mal à l'aise avec ma robe noire et le vernis à ongles assorti, qui avait suscité un commentaire acerbe de la part de ma mère, j'essuyais avec soin les assiettes, la casserole dans laquelle Georges-Henri avait fait cuire des pâtes. Il rinçait ses couverts dans l'eau savonneuse sans un mot.

– J'ai foutu le camp aussitôt après le cimetière, avais-je fini par déclarer.

– Tu veux en parler ? avait-il lancé après un long silence.

– Pas la peine. C'était atroce. Comme prévu.

– Tourmalet 2019 ou Lombardie 2018 ?

– Les deux.

On s'était installés sur le canapé dans le garage avec des chips et des bières et on avait regardé en replay sur son grand écran la victoire de Thibaut Pinot au Tour de Lombardie puis sa belle course au Tourmalet. On l'adorait, qu'il gagne ou qu'il perde, c'était notre coureur préféré. On aimait sa façon de courir qui ressemblait à la manière dont nous voulions vivre, avec dignité avant tout. On devenait un peu dingos quand il démarrait pour semer ses adversaires, appuyant sur les pédales avec cette classe impériale, éclaboussant la course de son élégance taiseuse. On essayait d'avancer nous aussi discrètement et intensément sur notre route, en obéissant à des règles connues de nous seuls et de préférence en montagne, loin des villes.

J'étais restée dormir sur le canapé, réveillée le lendemain par une odeur de café et la voix de Georges-Henri chuchotant « Lève-toi Patricia, ils vont se demander où tu es passée. Tiens, bois ça ».

Outre le goût du silence et la gratitude envers les paysages merveilleux qui nous entouraient, une envie perpétuelle de fausser compagnie aux tracés imposés par le vélo-club mais sans pourtant quitter le club nous réunissait.

« Vous vous faites la malle juste pour nous faire suer, quoi, se plaignait d'un ton aigre Boris, le président de notre association. Un jour, je vais devoir vous virer, ou vous suspendre une année. Pour l'exemple, vous comprenez ? »

On baissait alors la tête, on comprenait, on attendait le châtiment, et Boris disait en s'énervant « Allez, allez, ne faites pas ces têtes de cons non plus hein, j'ai pas le cœur à vous punir ».

J'ai vidé la mini-thermos avant de la refermer avec soin. Puis je l'ai ouverte à nouveau et j'ai regardé dedans comme si c'était une longue-vue.

– Tu vois la Terre promise ? m'a taquinée Georges-Henri, toujours affalé dans l'herbe.

– Je vois surtout que je n'arrête pas de penser à quelqu'un.

– Un gars du vélo-club ? Jonas, le jeune cyclo ?

– Un mec que je croise souvent au lycée. Il est en prépa littéraire. Un mec chaloupé.

– Hein ?

– Il a une présence irrésistible.

– Mais encore ?

– Il possède un charme dingue, je te dis, tu comprends le français ou bien ? Une allure nonchalante, une voix hypnotique, un sourire fêlé, une façon vénéneuse de dégager ses cheveux de son visage.

– Il fait comment ?

– Ben comme ça, ai-je dit en rejetant mes cheveux d'un mouvement que j'espérais empli de grâce.

– Ce n'est pas très convaincant, a observé Georges-Henri. Alors vous sortez ensemble quand ?

– Jamais, ai-je rétorqué aussi sec. C'est compliqué.

Georges-Henri s'est marré.

– Pourquoi tu rigoles ?

– Ça me fait penser à une série télévisée américaine que je regarde le soir. Les personnages patinent dans la semoule et tournent en rond autour de leur nombril en disant tout le temps « *It's complicated* ».

– Très drôle, ça m'aide beaucoup.

– Il a une copine ?

– Elle s'appelle Hanna. Elle étudie à Lyon. Elle est très belle, très intelligente. Gentille aussi. La classe absolue, quoi. On était en terminale ensemble.

– C'est pour ça ? Tu es embêtée parce que c'est ton amie ?

– Non, ai-je dit du bout des lèvres. C'est entre lui et moi... Personne d'autre... Elle n'est pas concernée... Je ne sais pas, c'est bizarre, je m'en fous qu'il ait une copine.

– Alors ça, c'est singulier.

– J'ai... Je... Je lui ai demandé un truc, euh... un truc très précis... Tu comprends, j'ai... Je crois qu'il est embarrassé maintenant... En fait, je n'ai plus envie d'en parler. Merde, voilà.

– D'accord, a dit Georges-Henri d'un ton tranquille. Tu m'avises quand tu voudras continuer la conversation. On descend jusqu'au lac ?

– Tu renonces jamais, pas vrai ? On va attraper une pneumonie.

– Tu t'encroûtes, a-t-il répondu. L'an passé, c'est toi-même qui l'aurais proposé.

– Vieux con.

– Allez, on y va, jeune conne *so complicated.*

Alors qu'on claquait des dents en nous séchant après le bain dans l'eau glacée, Georges-Henri m'a tendu son bonnet de rechange qu'il avait emporté dans son sac. Il avait tout prévu, depuis le début.

– Ton gars, là... le mec chaloupé..., a-t-il commencé d'une voix un peu rauque.

– Oui eh ben quoi ?

– Ça m'a rappelé un truc.

– Un truc dans ta série télévisée ?

– Imbécile. Je me suis souvenu d'une femme... Pas ma Gisèle hein, non, une autre. Elle n'était pas belle, pas moche non plus, c'était autre chose... comme si elle vivait dans un champ magnétique. Elle me coupait le souffle par cette sorte de charme électrisant. J'étais aimanté par elle, sa voix, ses gestes, son corps... Je la revois avec la paire de gants couleur crème dont elle mordillait le pouce, l'hiver, quand on attendait le bus. Bon sang, j'avais le cerveau en panne ou en ébullition, je ne saurais dire, je l'aurais suivie n'importe où. Chaque mouvement devenait un genre de grâce inconsidérée… qui me consumait… Elle ne le faisait pas exprès, non, mais c'était l'effet qu'elle me faisait. Une sorte d'espoir fou me saisissait au cœur quand j'allais la retrouver… Un mélange de tourment et d'extase. Elle séduisait malgré elle, pas tous les hommes bien sûr, mais un certain nombre quand même. Elle était nimbée d'une certaine tristesse aussi, ou une mélancolie peut-être… Toujours est-il qu'un beau jour…

– Je ne veux pas savoir ce qui s'est passé.

– Non, tu ne veux pas savoir ce qui s'est passé, ni comment ça s'est terminé.

Il se débattait avec la lanière de son casque, je lui ai pris des mains pour la desserrer.

– Quand on devient vieux, il faut soit arrêter de faire du vélo, soit demander de l'aide à la jeune génération, il t'a jamais appris ça, Boris ?

– Tu crois qu'il est vraiment con ou qu'il le fait un peu exprès ?

– Je pense qu'il se fout de notre gueule dans tous les cas. On y va ?

On est repartis en roulant sans parler plus que pour indiquer une voiture ou annoncer un virage difficile. L'air froid séchait la sueur sur ma nuque heureusement calfeutrée dans une écharpe. Une raideur prometteuse dans les mollets annonçait la contracture à venir des muscles de plus en plus tétanisés. Cette belle fatigue qui lave l'esprit et que j'attendais tant m'était promise, enfin.

On avait traîné au local en grignotant des rondelles de saucisson, Boris, Raymond et Georges-Henri avaient parlé de la prochaine sortie, Jonas et moi avions nettoyé les vélos tout en échangeant sur le parcours de la course qui allait bientôt traverser notre département, avant de nous dire au revoir vers 23 heures.

En rangeant mon vélo dans le garage, je me suis aperçue que j'étais morte de faim. La maison semblait vide, les occupants étaient sortis ou déjà couchés. J'ai mangé à même la casserole de linguine au pesto trouvée dans le frigo, sans les réchauffer. Hurluberlu, sorti de nulle part, s'est aussitôt perché sur la table de la cuisine, l'air intéressé.

– Tu n'en auras pas une miette. Même pas en rêve, ai-je prévenu.

La porte a couiné et j'ai prié que ce ne soit pas ma mère qui détestait qu'on mange sans prendre le soin de s'attabler. Je me suis détendue en découvrant que c'était Aline. Elle portait la robe de chambre à motifs japonais.

– Tu as fouillé dans mes affaires, ai-je observé.

– Oui, a-t-elle admis d'une voix sereine, je t'ai offert cette jolie chose mais elle est trop belle pour une fille qui file faire du vélo toute la journée avec une bande de vieux mecs moches et à peine aimables, donc je te confisque ton cadeau.

– Tu n'as jamais vu Jonas. Il est jeune et beau comme un dieu. Gentil, très bon mécano avec ça.

– Ah oui ? Raconte.

– Ne t'emballe pas, je parle de vélo. Il ne me fait ni chaud ni froid. La beauté, le charme, la grâce, ce sont des choses assez précises, tu sais. Si tu ajoutes à cela X, à savoir qu'il est parfois question de champ magnétique plus grand que la seule beauté, tu es bonne pour reposer toute l'équation.

Elle s'est assise sur le banc en bois en détaillant ma tenue de cycliste.

– C'est parfaitement répugnant. Tu es parfaitement répugnante. Tu as un coup de soleil sur le nez en plus. Tragique pour une peau de rousse. Fais-moi un thé pour te faire pardonner de m'infliger cette vision.

– Tu n'as pas écouté un mot.

– Parce que je n'ai pas tout bien compris, il va falloir peaufiner davantage ta théorie.

J'ai rempli la bouilloire et préparé la théière en jetant du thé dedans.

– Tu sais comment on détermine la dose de nourriture dont nous avons besoin, Aline ? En prélevant la quantité exacte tenant dans le creux de notre main. C'est ainsi pour les haricots, le riz, les lentilles, le...

– Un type est passé pour toi il y a une heure environ.

– Quoi ?

– Il y a un type qui est passé pour toi.

La bouche sèche, je me suis assise, travaillant en pensée un ton neutre avant de m'exprimer à nouveau.

– L'eau bout, Patricia.

– Je ne peux pas me lever. Courbatures, ai-je prétexté.

Avec un soupir exagéré, Aline a quitté le banc, rejetant ses longs cheveux roux en arrière pour s'activer devant la cuisinière.

Que la peau blanche de son poignet et de sa main que j'observais pour éviter son regard paraissait fine. Quand Alix et elle ont rompu, elle a presque cessé de s'alimenter. On a réussi à la refaire manger, comme un oisillon auquel on verse de minuscules quantités de nourriture dans le bec. Je me surprends souvent à surveiller si elle finit son assiette, si elle ne joue pas avec la nourriture. La dépression post-rupture a été une horrible période, me renvoyant à une impuissance qui me faisait encore mal. J'ai eu l'impression de mourir quand je l'ai vue amaigrie et tremblante prendre des anxiolytiques quelques mois. Ma mère, mâchoires serrées, la regardait avec l'air de lui en vouloir à mort. Mon père se retranchait plus que jamais dans son cabinet médical, prétextant une multitude de rendez-vous urgents, comme d'habitude. Cela m'a frappée à quel point il était déjà absent, du temps même de son vivant.

– Tu as pris tes médocs ? ai-je demandé avec brutalité.

Aline a paru surprise, puis offensée, son visage s'est adouci ensuite. Elle a quand même ajouté, d'un ton fâché :

– Le traitement est terminé, chérie. Et pour ta gouverne, je ne suis pas en sucre. Je vais bien.

En versant l'eau frémissante dans la théière, elle a repris comme si de rien n'était.

– Le type, celui qui ne s'est pas présenté donc, avait l'air déçu de ne pas te trouver.

– Il s'appelle Julian. Il a dit autre chose ?

– Le seul et unique Julian au monde pour moi, c'est Julian Casablancas lorsqu'il chante *Reptilia* à T in the Park en 2006. Le reste, c'est de la littérature.

– Autre chose ? ai-je enchaîné de peur qu'elle se lance dans une conférence interminable sur le chanteur des Strokes.

– À quel propos ?

– Aline. S'il te plaît.

– Il a dit qu'il serait à L'Oratoire, tu sais le bar

derrière l'église ? Une bonne partie de la soirée, a-t-il précisé.

Elle a rempli de thé les petits bols bleus en porcelaine de Chine avec une grande délicatesse.

– Si j'étais toi, j'irais. Évidemment, je te conseille de te changer. Tu veux que je te prête ma robe de chambre à motifs japonais ?

– Va te faire foutre.

– Ne sois pas grossière, Patricia. Hurluberlu écoute et Hurluberlu est encore un jeune chat innocent. Vois son air choqué.

5. Qu'est-ce qu'on fout ici

L'Oratoire, la dernière fois que j'y avais mis les pieds, c'était pour l'anniversaire d'Aline. On avait dansé et bu des verres jusque tard, avant d'aller à la rivière vers 5 heures du matin avec quelques-uns de ses amis. C'était beau, doux et triste de nager dans l'aube rose. Les choses avaient un goût de fleur fanée, un moment flottant à la lisière du présent, prêt à basculer dans le passé – on le sentait aux sourires, aux timides lueurs du jour, à la fatigue du paysage éreinté par la fin de l'été.

Le lendemain, Aline avait quitté Alix et personne n'a jamais su pourquoi.

J'ai couru vers la porte du garage pour sortir mon vélo et je suis remontée dessus en grimaçant, les muscles de mon dos douloureux et les jambes raides, encore gorgées de toxines.

Après avoir fait trois fois le tour de l'église, j'ai attaché ma machine au râtelier à vélos devant L'Oratoire. Un passionnant concours de fléchettes se disputait tout au fond du bar. Aux premières loges, quelques supporters armés de pintes de bière et d'écharpes étaient hypnotisés par un écran géant. J'adorais leurs vulgarités, le côté crasseux et enfantin de leur comportement outré. Parfois, j'y traînais Alix ou Aline, voire les deux, pour boire une bière et les regarder en douce, les entendre dire des horreurs, me marrer intérieurement.

Une fois la salle du restaurant dépassée, un passage desservait un espace davantage fréquenté par les jeunes gens des environs. Je me suis assise à côté du type aux cheveux bruns, au bar.

– Tu n'es pas avec des gens ? ai-je demandé bêtement.

– Ben non. Je bois un verre en ma propre compagnie.

– Je reviens d'une sortie à vélo. Avec le club.

– D'accord.

– Je n'ai pas eu le temps de me changer.

– Pourquoi tu t'appelles Patricia, je peux savoir ?

– Mon père. Complètement amoureux de Patricia Highsmith et de ses livres dans sa folle jeunesse. Et toi, Julian, une raison particulière ?

– Ma mère. Complètement amoureuse de Julian Casablancas et de ses chansons dans sa folle jeunesse. Tu veux une bière ?

– Oui, merci.

Je tirais un motif de gloire infantile d'être restée en tenue de cycliste, sans prendre une douche ni même la peine de me recoiffer. Avant de partir, j'avais vu dans le reflet de la fenêtre de la cuisine une fille assez grande, à la poitrine quasi inexistante, un visage aux traits réguliers et ennuyeux, pourvu d'un nez qui me donnait un profil grec selon mon père, égyptien selon ma sœur, et moche selon moi. Le tout baignant dans un teint laiteux à l'excès. Quant à ma lourde chevelure auburn, elle semblait peser trois tonnes sur mes épaules étroites.

Mon air assez froid, voire hautain les grands jours, ne suscitait pas l'envie de me connaître mieux, n'inspirait pas la sympathie non plus, ce qui m'allait très bien. Quand j'étais troublée ou en colère, je m'empourprais, pas autant qu'Aline dieu soit loué, mais une longue trace rouge couvrait aussitôt mon cou, du côté gauche, oreille comprise, disgrâce que je dissimulais en rabattant mes cheveux sur le côté.

Je me suis redressée sur le tabouret de bar, rétrospectivement mécontente. Un coup de brosse à mes cheveux emmêlés, était-ce trop demander ?

Julian s'est mordillé les lèvres puis a dit :

– Je vais faire un aller-retour à Paris demain pour voir une expo de photos. Viens avec moi.

– Je n'ai pas envie d'un rencard.

– Ce n'est pas un rencard.

– Je ne sais pas trop.

– Viens avec moi.

Je voyais son visage de trois quarts sur le miroir face au bar, sa joue un peu ronde contre toute attente, un œil plus marron piqué d'or que vert, contrairement à ce que je croyais aussi. Ses cheveux n'étaient pas bruns mais plutôt châtain clair, nouvelle désillusion. Ces petits bouts de lui se glissaient comme par effraction, entre un verre de whisky dans la main d'un client, rappelant une flambée dans l'âtre, et une curieuse bouteille au contenu vert pomme dont le serveur versait une longue rasade dans le shaker, jusqu'à mon cerveau.

Sur le haut de son bras gauche découvert – il avait roulé jusqu'au-dessus des coudes les manches de son T-shirt noir – j'ai vu quelques mots tatoués d'une écriture sobre et nerveuse à la fois.

Julian a tourné la tête pour regarder ce que je regardais dans le miroir. Nous étions côte à côte, il m'observait dans le miroir et moi je le contemplais, lui. Le bruit du bar, les conversations et les rires, les grincements de chaises et autres mouvements du monde se sont étouffés. Comme si l'univers se retirait sur la pointe des pieds. Pourquoi j'avais la gorge serrée en le voyant battre des cils plusieurs fois, curieux de ce moment où je tentais de lire les mots inversés sur son bras immobile, je l'ignore toujours. Il a ouvert la bouche pour dire quelque chose puis s'est ravisé.

– Quoi ? ai-je soufflé sans quitter son image des yeux.

Le garçon a déposé les bières devant nous, et le moment est passé, le monde s'est remis en marche, Julian a tiré la manche de son T-shirt avant de pousser l'un des demis vers moi.

De nouveau, j'ai cherché son regard dans le miroir mais cette fois, il s'est détourné.

– Tu ne veux pas qu'on échange nos numéros de portable ? Ce serait plus pratique, non ? a-t-il suggéré.

Une fois nos numéros respectifs enregistrés, nous nous sommes donné rendez-vous à 6 h 30 sur le quai de la gare, le premier train pour être à Paris avant l'heure du déjeuner. Un regret étrange, traversé de légers éclairs apeurés, s'était installé en moi depuis que j'avais accepté de l'accompagner.

Nous avons échangé des banalités sur l'impressionnante masse de travail que réclamaient nos prépas respectives, la manifestation pour protester contre l'usine de la ville voisine qui polluait les cours d'eau environnants, et est-ce que tu y vas, toi? Oui? moi aussi avec Hanna et des copains à elle, moi j'accompagne ma sœur et son amie Alix.

Il a parlé de son travail sur Blaise Cendrars, sur *L'Or*, en particulier. La difficulté du sujet mais l'accompagnement parfait de son enseignant référent qu'il adorait.

Nous étions dans une conversation parallèle où parfois un sourire un vide un creux un silence soudain indiquaient que nous avions un secret mais qu'il était tacitement convenu qu'il ne fallait pas en parler maintenant.

À un moment je suis allée aux toilettes, et en revenant j'ai vu qu'il consultait son téléphone, relevant la tête à mon approche, m'adressant son sourire fêlé, sans protection, toute distance abolie.

Sérieusement, ne me souris pas comme ça, Julian, ai-je pensé engloutie.

– Je vais aller me coucher. Je te raccompagne? a-t-il proposé gentiment.

– C'est inutile, je suis venue en vélo. Et j'habite pas loin. À demain.

– À tout à l'heure plutôt, a-t-il souri avant de s'éclipser.

J'ai fini ma bière et la sienne sous l'œil désapprobateur du serveur, j'étais au bord des larmes non qu'il soit parti mais parce que j'avais infiniment peur de la dangerosité de ce qui m'attendait. J'ai commandé un café, attendant encore, sans savoir exactement quoi, sans doute qu'il soit assez loin, pour rentrer à mon tour. Je ne sais pas ce qui s'est passé, je n'étais pas assez concentrée, des phares m'ont aveuglée sur le chemin du retour et j'ai fini en zigzaguant au bord du fossé.

Je me suis arrêtée sur le bas-côté pour reprendre mes esprits pendant que le conducteur hurlait « Connasse » tout en accélérant, tout en faisant crisser ses pneus.

Je me suis calmée en prenant une longue douche brûlante. J'ai lavé mes cheveux en appliquant pour finir une sorte d'onguent qui sentait l'amande amère. Les aisselles et les jambes consciencieusement rasées en attendant de rincer le masque censé adoucir la paille de ma chevelure, j'hésitais entre avoir pitié de moi ou me trouver infiniment brave.

Épuisée, je suis allée me coucher en m'apercevant qu'il était 2 heures du matin déjà.

Mon téléphone a vibré alors que je me sentais sombrer avec gratitude dans un sommeil bienfaisant.

– Putain, Aline, ai-je pesté, persuadée qu'elle m'écrivait depuis la chambre au rez-de-chaussée ainsi qu'elle en avait l'habitude.

Soudain très réveillée, j'ai respiré trois longues fois avant d'appuyer pour que le contenu du message s'affiche. *N'annule pas maintenant que j'ai accepté, n'annule, pas s'il te plaît,* ai-je intérieurement prié.

Je suis allée boire de l'eau au robinet en pensant aux quelques mots que je venais de lire :

C'est Qu'est-ce qu'on fout ici qui est tatoué sur mon bras gauche. Un hommage à Blaise Cendrars. Bonne nuit. Julian

6. Saint-Étienne – Paris – Saint-Étienne

J'ai couru sur le quai, mon sac en bandoulière ballottant fort inélégamment. Le train n'avait pas encore démarré, mais le signal sonore venait de retentir, aussi ai-je bondi dans le premier wagon devant moi.

J'ai traversé le couloir en regardant de chaque côté, tout en cherchant avec fébrilité mon portable dans mon sac.

Pas de message ni de SMS. Dans un compartiment vide, il était assis, le visage posé dans la paume de la main, en train de regarder par la vitre, vêtu d'un caban de marin, de son jean pourri, d'un T-shirt pourri hésitant entre le bleu et le gris, évidemment chaussé de ses baskets bleu ciel pourries. Son air désemparé m'a stoppée dans mon élan. J'ai cru un instant qu'il était triste parce qu'il avait pensé que je ne venais finalement pas. Mais j'ai eu la certitude que ce n'était pas du tout ça. Quand il m'a vue, il a souri.

– Tu ne t'es pas réveillée ?

– Insomnie. Mais je suis là, ai-je ajouté.

Il s'est levé, je ne sais pas pourquoi, apparemment lui non plus car il s'est arrêté net, avant d'enfoncer les mains loin dans ses poches.

J'étais super fière d'être aussi grande que lui, peut-être même de deux ou trois centimètres de plus qui me donnaient une assurance folle, alors qu'à l'intérieur de moi, je lâchais le guidon pour me jeter tout droit dans le ravin.

J'ai écarté une mèche de ses cheveux qui masquait une partie de son visage, et juste avant d'atterrir dans le ravin avec de multiples fractures, j'ai redressé la trajectoire du vélo, et au lieu d'embrasser Julian sur la bouche, j'ai embrassé Julian sur la joue, aussi furtivement que j'ai pu.

– Salut.

– Salut, a-t-il répondu, les mains toujours dans les poches, les paupières fermées et traversées par ce minuscule tremblement, un souvenir qui m'accompagnera jusqu'à mon lit de mort, je le sais déjà.

Il a ouvert les yeux, puis les a baissés un instant avant de dire :

– Excuse-moi, j'ai une migraine atroce. Il me faut du paracétamol, de la caféine. Au prochain arrêt, on s'arrête dix minutes, on aura le temps de courir au bar de la gare attraper des cafés à emporter et voir si la pharmacie est ouverte, d'accord ?

– D'accord, ai-je répondu en m'asseyant face à lui, persuadée que tout irait très mal à présent.

Même après les cafés et deux cachets, il n'allait pas mieux. On avait baissé le store car la lumière le rendait nauséeux. Allongé sur les trois fauteuils inoccupés, le bras replié sur le visage, une de ses baskets s'agitant nerveusement, il ne dormait pas.

– Julian ? ai-je chuchoté.

– Je suis désolé, a-t-il marmonné, je t'ai embarquée dans une galère, pardon.

Je me suis levée et je l'ai pris doucement par les épaules, j'ai senti son corps se crisper, avant qu'il accepte de poser sa tête sur mes genoux.

C'était le moment d'appliquer les deux trois choses que m'avait apprises mon père qui s'était initié aux médecines chinoises.

– Donne-moi la main, Julian.

– Ce n'est pas trop le moment de...

– La ferme. Donne-moi ta main. Est-ce que ça te fait un peu mal quand j'appuie là ? Et là non plus ? Et ici alors ? Oui ? Respire un bon coup.

J'ai moi-même pris une grande inspiration en pressant très fort mon pouce sur la zone douloureuse.

– Aïe !

– Désolée. C'est le point des migraines en médecine chinoise, c'est mon père qui m'a appris. Respire profondément deux ou trois fois maintenant.

– Tu crois que ça va marcher ?

– Je n'en sais rien.

J'ai voulu me lever pour regagner ma place mais sa tête s'est alourdie sur mes cuisses.

– Non. Ne bouge pas. S'il te plaît.

Au bout d'un moment, j'ai passé la main dans ses cheveux, des caresses légères, apaisantes, du moins je l'espérais.

– Ça fait du bien, il a dit d'une voix assoupie, avant de sombrer dans le sommeil.

Quand on est arrivés à Paris, j'étais aussi rincée que si j'avais voyagé toute la journée. Malgré des cernes sous les yeux, Julian se sentait bien mieux. Il a repris deux cachets en descendant sur le quai.

On est allés dans un square avec des cafés à emporter, cherchant sur nos portables quel bus s'arrêtait au musée.

– Il va falloir emprunter le métro. Je déteste, a-t-il soupiré.

Adossé aux portes face à celles qui s'ouvraient à chaque station, il semblait lointain, ne me regardait pas. Peut-être regrettait-il de ne pas être seul. Ou avec Hanna, ai-je pensé malheureuse. Une femme qui fouillait frénétiquement dans son sac tout en répondant à son portable coincé contre son oreille m'a bousculée, il m'a tirée vers lui par le col de ma veste. Des larmes ont coulé sur mes joues malgré moi, je voulais tellement rentrer à la maison, lire des poèmes à Hurluberlu pelotonné sur mes genoux, prendre un thé avec Aline ou rouler toute seule sans but vers le plateau, là-haut.

– Hey, a-t-il chuchoté en me prenant dans ses bras, ne pleure pas, on descend dans trois stations. Deuxième bonne nouvelle, ma migraine s'en est allée.

– J'ai une affreuse tendance à pleurer quand je suis fatiguée, ce n'est pas bien significatif en réalité, ai-je dit en reniflant.

– Je n'en tirerai aucune conclusion hâtive, promis, a-t-il répondu.

J'entendais avec horreur, et une certaine résignation devant mon aptitude au ridicule, qu'un tout petit rire s'était glissé dans sa voix traînante.

7. Si c'est ce que tu veux

Avant cette expo, je ne sais pas qui est Marc Riboud.

Ou très vaguement.

J'identifie des clichés connus parce qu'ils circulent régulièrement dans les journaux, à l'occasion d'un reportage, d'un dossier spécial.

Mais dans le détail, non, on ne peut pas dire que je connaisse le travail de ce photographe avant qu'on se rende à Paris ce jour-là.

J'ai vraiment du mal à aller à toutes ces expos sans toi, tu sais?

Mais je le fais en prenant sur moi. Je me raconte que tu dois être dans le coin, quelque part, dans une autre salle, en train de regarder une photo, les mains dans tes poches, te mordillant les lèvres comme tu le fais quand tu es très concentré. Disparaissant comme par magie quand j'entre dans la pièce où tu es. Comme si tu avais toujours un temps d'avance sur moi.

J'ai souvent l'impression qu'on va se retrouver à la sortie, qu'on ira prendre le train pour rentrer ensemble chez nous, que tu vas devenir très pâle à un moment parce qu'une migraine te sera évidemment tombée dessus.

Fais voir, je dirai en prenant ta main tendue, cherchons ce point douloureux qui est aussi selon la médecine chinoise, lorsqu'on appuie très fort dessus, l'endroit précis d'où vient le soulagement.

La jeune femme marche dans une rue à Tokyo, son visage est recouvert d'un foulard transparent rouge, il a l'air de vouloir s'envoler, alors elle le retient du bout des doigts. La photographie capture son expression flottant entre deux émotions, presque comme si elle allait éclater de rire et qu'elle se ravisait au dernier moment, offrant seulement un sourire plein de retenue.

Julian se tient derrière moi, je sens presque la chaleur de son corps dans mon dos, son souffle caresse l'arrière de mon crâne. Ses mains se posent sur mes épaules, je vacille un tout petit peu mais je reste droite, je me tiens bien.

– En fait, elle se protège de la pollution pourtant on dirait qu'elle entre dans une église, tu ne trouves pas ? chuchote-t-il en m'attirant contre lui.

Sans réfléchir, je renverse la tête, une seconde, juste une seconde, je me reprends aussitôt, et lui aussi, il s'écarte.

– Viens. Viens voir, il chuchote depuis la pièce suivante.

Sa silhouette longiligne et son sourire lent qui ralentit même mon pas quand je le rejoins me flanquent le tournis, il me semble que mon cœur prend feu sous ma poitrine. Je passe mes mains autour de sa taille, puis je glisse ma tête sous son bras qui s'ouvre, on regarde ensemble des jeunes garçons qui se font tatouer dans un salon. L'expression hypnotique de celui qui se trouve au centre, son visage traversé par une extase déchirante, se grave dans mon esprit. J'ai envie que la vie ressemble à ce moment où j'ai l'impression que tout est indiscutable, qu'il y a une puissance invisible qui réunit nos corps dans une mathématique parfaite. Fascinée par ces visages épris de vertige, qui s'abandonnent, dont la retenue ne tient plus qu'à un fil, je me détache à regret, Julian me regarde, intrigué, je murmure « je ne peux pas regarder ça, pardon, je ne peux pas », et je m'éclipse dans une autre salle.

Japon, Chine, Afghanistan, Turquie, Mexique, Algérie, des tas d'endroits défilent devant mes yeux, je ne sais pas si je retiens autre chose qu'une irrésistible envie de fuir que je maîtrise à grand-peine.

Dans la dernière salle, devant la dernière photo, la terre s'agenouille devant une montagne chinoise, altière et enroulée dans un immense boa de brumes blanches. Julian vient à son tour près de moi, sa main effleure de nouveau la mienne, je l'attrape au vol, je la serre fort dans la mienne, puis je la lâche parce que tout ça ne sert à rien qu'à me fabriquer des souvenirs qui me feront de la peine et du regret plus tard.

Dans le couloir qui fait office de sas entre l'exposition et le reste du musée, Julian s'est assis sur un des bancs contre le mur.

– Tu veux un crocodile ? Rouge, vert, orange ou jaune ? Je préférerais que tu dises jaune, je n'aime pas les jaunes, a-t-il ajouté en me tendant un petit sachet de bonbons qu'il a sorti de la poche de sa veste.

– Rouge, moi je préfère les rouges, alors donne-m'en un rouge.

Il a fait la moue, a fouillé dans le sachet et en a extirpé un qu'il a fourré dans ma bouche.

– Amen, j'ai dit.

Il s'est marré et s'est levé. J'ai reculé parce qu'il s'est avancé avec un sourire en coin détestable, je me suis retrouvée dos au mur. C'était l'idée, si j'ai bien compris.

Très bien, me suis-je dit, *si c'est ce que tu veux. Après tout, autant en avoir le cœur net.*

Cette fois c'est moi qui ai fait un pas pour passer les mains autour de sa nuque, on s'est embrassés avec le goût des crocodiles verts, rouges et orange dans la bouche. J'ai essayé d'empêcher ça mais je n'y suis pas arrivée, alors j'ai cédé, j'ai collé mon corps contre le sien, j'ai presque senti de la sueur se former entre mes omoplates tellement je me sentais électrisée. Le baiser s'est fait soudain plus passionné, les murs tournaient, c'était nous, ou peut-être qu'ils tournaient vraiment, les murs. Je ne me suis pas gênée pour mordre légèrement sa bouche, histoire de lui faire un peu mal pour avoir eu cet air suffisant. Quand je l'ai repoussé parce que je ne pouvais plus respirer, il m'a regardée comme s'il ne m'avait jamais vue. Le sourire désagréable avait disparu, laissant place à une surprise qui me donnait envie cette fois de lui sourire à mon tour avec un peu d'ironie.

Bien fait pour ta gueule, j'ai pensé, *ça t'apprendra à me coincer contre un mur avec un air suffisant.*

Il est retourné s'asseoir, je suis restée là où j'étais, contre le mur. Il a continué à manger ses crocodiles

– même s'il faisait le malin, je voyais bien qu'il avait l'air troublé, vu qu'il faisait tout pour ne pas croiser mon regard.

Re-bien fait pour ta gueule, j'ai pensé maintenant amusée.

Quand il s'est étiré, quelques centimètres de peau entre le T-shirt et le jean sont apparus, j'ai eu l'impression que mon cœur ratait une marche. Depuis la pointe de mes pieds jusqu'à la lisière de mes cils, un frémissement m'a saisie. Je ne savais pourquoi, j'ai revu sous mes paupières la photographie de la jeune femme japonaise endormie dans un train, revêtue d'une chemise blanche, taillée de façon sobre et élégante dans un tissu épais. Sa nuque qui s'abandonnait, légèrement penchée vers la gauche, dansait sous mes paupières, telle une eau tremblante. J'ai tiré sur le col de ma propre chemise, lissant d'un geste maladroit le pan un peu froissé.

Des nuages sombres noyaient les yeux de Julian quand il m'a regardée enfin, je me suis mordu les lèvres, hésitante un instant. Je me suis approchée, l'irrépressible envie de lui demander ce qui n'allait pas montait dans ma gorge mais je me suis tue. De nouveau j'ai réalisé qu'on ne se connaissait pas, ou si peu. Nous trouver ici, à des centaines de kilomètres de chez nous, m'a paru soudain incongru. J'ai ouvert la bouche pour dire « Allez, on se tire, viens Julian », il m'a devancée :

– Il ne faut pas qu'on rate le train pour rentrer. Je n'ai pas envie de rester coincé à Paris, on y va ?

– Oui, allons-y, j'ai murmuré à la fois soulagée et déçue.

Dans le train du retour, j'éprouvais un sentiment de vide à chaque fois que je le contemplais.

Nous nous sourions avec civilité.

Nous regardions chacun du coin de l'œil ce que lisait l'autre.

Il était plongé dans *Un autre pays* de James Baldwin. Le souvenir d'une émission de radio m'est revenu en mémoire. Je me suis rappelé le nom du héros, Rufus Scott. Qui se débattait entre les conventions bourgeoises et la violence assez pure de son désir. Qui se trouvait de l'autre côté des barricades sociales et raciales qui entravent, empêchent, enragent. Quelques bribes sont remontées à mon esprit, comme des bouts de miroir qui n'arrivaient pas à former une image complète. J'avais pensé mille fois le lire, mille fois je m'étais dit plus tard, une autre fois.

On a avalé des sandwichs au jambon et deux bières au goût tiède, dégueulasse.

Tout avait un goût de bière tiède et dégueulasse.

Julian m'a demandé ce que je lisais, en retournant son livre ouvert sur sa cuisse.

Je lui ai montré la couverture : *L'Hiver le plus froid*. J'ai eu envie de lui parler de mon projet d'écrire sur les correspondantes de guerre en Europe, après 1945, mais j'ai renoncé. Il n'était tellement pas là, sa question ressemblait à une formule de politesse. Je me suis décidée pour le minimum.

– C'est l'histoire de Paula Fox, une jeune correspondante de presse qui voyage dans l'Europe d'après-guerre, ses reportages, ce qu'elle voit, l'argent qui manque, la débrouille. Moi je suis dans tous mes états pour une sortie en montagne avec le vélo-club, j'en apprends des choses, ai-je dit dans une vaine tentative de renouer avec ce quelque chose qui s'est perdu.

Il a souri, n'a pas relancé pas la conversation, se détournant vers la fenêtre et le paysage très longtemps.

J'ai l'impression qu'on s'est fâchés après une dispute mais que je n'ai plus le souvenir de cette dispute, encore moins de son motif. Je n'arrivais pas à croire que la visite de l'exposition et ce retour faisaient partie de la même journée. Que nous étions les mêmes personnes. Plus rien ne reliait ce matin et ce soir.

Nous étions deux inconnus assis par hasard dans le même compartiment, absolument dépourvus de la grâce tranquille de la jeune Japonaise sur la photo que j'avais tant aimée.

On s'est dit au revoir sur le parking à la sortie de la gare.

– C'est très gentil de m'avoir accompagné. Il est tard. Tu sais comment rentrer ?

– Oui. Je vais appeler ma sœur. (J'ai menti. En réalité je suis rentrée dans la nuit noire en espérant tomber dedans et ne plus jamais me souvenir de cette journée.)

– Pas de vélo accroché quelque part dans le coin ?

– Pas cette fois. (J'ai l'impression d'être traitée comme une enfant à laquelle les adultes ne confient pas leurs secrets.)

– J'y vais. Le car vient d'arriver, a-t-il indiqué en montrant la station.

– À bientôt, Julian, j'ai répondu.

– Oui, à bientôt, a-t-il repris d'une voix toujours

aussi joliment traînante mais tellement réservée soudain.

Le soulagement l'a emporté sur le regret – peut-être avais-je imaginé des choses qui n'existaient pas vraiment. Peut-être avais-je plaqué sur ce visage et ce corps quelque chose dont j'avais besoin, que je cherchais, et qui ne s'y trouvait pas. Même si le baiser venait infirmer toute cette théorie fumeuse que j'élaborais pour justifier ma déception, j'ai fermé les yeux sur mon raisonnement bancal. Avant de m'avouer plus franchement que peut-être c'était moi qui ne possédais ni le corps ni le visage qui correspondaient à son attente à lui.

Au milieu de la nuit, je me suis réveillée en pleurs – j'avais rêvé que j'étais prisonnière dans un Japon imaginaire à bord d'une barque prise dans les glaces qui ressemblent à celles du Grand Nord. J'avais beau serrer un foulard rouge translucide sur ma gorge, il ne me protégeait pas du froid, ma voix elle-même se glaçait, j'avais beau crier, pas un mot ne sortait, personne ne m'entendait. On s'agitait sur le rivage pourtant proche, et vers lequel j'agitais les bras, on chargeait des caisses de poissons, on lançait des barques dans l'eau comme s'il s'agissait de jouets, Julian prenait le thé sous un abri en bambou, il ne me voyait pas, personne ne me voyait.

8. Sur la noire diagonale

Lorsqu'on organise une fête, on a besoin de gens qui dansent pour qu'elle soit réussie.

J'adore danser, c'est de notoriété publique.

Alors que je vivais une vie sociale plutôt tranquille, voire d'un confortable ennui loin de me déplaire, j'étais courtisée pour les soirées.

Que je ne connaisse pas grand monde sur le message du groupe WhatsApp qui m'invitait le confirmait.

Ci-gît Patricia, unanimement saluée pour ses dons de danseuse. Totalement oubliée pour ses travaux théoriques sur les correspondantes de guerre en Europe après 1945, ai-je songé aussi accablée qu'amusée.

Ce n'était pas le circuit habituel des fêtes que Julian et moi fréquentions. Peu de chances de l'y voir.

Un mois était selon moi un délai de deuil raisonnable pour sortir à nouveau après la cataclysmique échappée à Paris.

Julian avait appelé sur mon portable le lendemain, mais il n'avait pas laissé de message.

Je n'avais pas rappelé.

Même si nous nous étions croisés plus d'une fois, nous étions suffisamment absorbés par l'intensité scolaire pour nous contenter d'un salut ou d'un signe de tête.

La vision d'Hanna en train de l'embrasser dans la rue – elle étudiait à Lyon et venait autant que possible le week-end – avait contribué à me donner ce goût d'inachevé qui, au bout d'un moment, devient une invite à refermer un livre décevant pour le remiser bien au fond de la bibliothèque.

J'avais eu beau rougir jusqu'à la racine des cheveux quand celle-ci m'avait saluée à la cafétéria d'un joyeux signe de la main un matin où elle accompagnait Julian, je m'en voulais de m'en vouloir.

Sans compter qu'il était fort possible qu'il ait mentionné notre sortie à Paris à Hanna.

Le reste, c'était juste un malheureux baiser au goût de crocodiles rouges, verts, orange, aucune raison de lui donner autant d'importance.

Je me suis dit *allez, j'oublie, je passe à autre chose.* En ce qui me concerne, cela se résumait à un de mes verbes préférés : danser.

Le soir de la fête, Aline m'a forcée à revêtir un corsage noir aux manches ajustées et interminables qui se finissaient en multiples plis autour des poignets. De fines paillettes en parsemaient le tissu, comme autant de minuscules points argentés. D'après elle, il accessoirisait mon jean et faisait « une merveille de contraste » avec mes cheveux.

– Elle est à tomber, pas vrai, Hurluberlu ? a-t-elle ajouté.

La seule réaction de l'intéressé a été de bâiller à s'en décrocher la mâchoire avant de sauter près d'elle.

Assise en tailleur sur mon lit, Hurluberlu roulé en boule sur ses genoux, Aline me scrutait de cette façon inquisitrice que je détestais. Ma nuque se crispait déjà à l'idée de ce que je devinais.

– On veut plus de mascara ! a-t-elle exigé alors que j'en avais déjà trois tonnes sur chaque cil. Voilà ! Très bien. Tu veux en parler ? Du mec de L'Oratoire ?

– Non. S'il te plaît, je ne veux pas.

– C'est si gentiment demandé, on ne peut pas insister, ce serait grossier, n'est-ce pas, Hurluberlu ?

Emmitouflée dans le manteau en fausse fourrure bleu électrique également prêté par Aline (j'avais fini par m'incliner malgré l'horrible association du bleu électrique et de ma chevelure), je suis entrée dans la maison où avait lieu la fête. Faisant un détour par la cuisine, j'ai déposé au passage une bouteille de champagne prélevée dans la cave de feu mon père.

J'ai agité la main vers Gabriel qui s'occupait de la musique, ravie de le trouver derrière ses platines. Même si nous n'étions pas vraiment des amis, nous nous retrouvions de fête en fête, avec plaisir, avec une quantité de goûts musicaux en commun. J'allais passer une bonne soirée, j'en étais sûre.

– Hello Gabriel ! ai-je crié de loin.

Repoussant son casque une seconde, il a hurlé :

– Salut Patricia ! Content de te voir.

Je n'ai salué personne d'autre, vu que je ne connaissais personne d'autre. Des grappes de silhouettes se mouvaient, certaines s'arrêtaient pour discuter, redansaient. On ne discernait pas vraiment les visages, on apercevait les corps de façon brève et fractionnée. Au gré d'un éclairage sophistiqué, un sourire se dévoilait avant de disparaître, la main élégamment levée au-dessus de sa tête une fille tournait sur elle-même, aussitôt happée par un pan d'obscurité. Gabriel m'a fait signe de venir poser mon manteau derrière sa console, je me suis empressée d'accepter. Ne prendre aucun risque d'éclaboussure sur le précieux pelage.

Pendant quelques minutes, je suis restée à côté de lui parce que sa présence était délicieusement enveloppante et douce. La mine concentrée, il me faisait penser à un genre de faon boudeur, grandi trop vite, qui avait gardé ses traits enfantins et ses belles boucles brunes. Lisible, attachant, Gabriel était du côté des gentils dans les batailles épiques dans les romans de fantasy. Il a effleuré mon épaule.

– Tu as vu ? On ne connaît personne ici. Pas notre sphère habituelle, hein ?

– Je ne te le fais pas dire. Je n'ai aucune idée de qui m'a invitée.

– En tout cas, l'alcool coule à flots, le matériel pour bosser est magnifique, je n'ai jamais été aussi bien payé pour mes bons offices, la maison… de dingue, tu as vu ça ? Que demande de plus le peuple un samedi soir glacial en plein hiver ?

– Danser, ai-je dit joyeusement, c'est ce que je préfère au monde, danser.

– Alors va t'amuser, Patricia. Je m'occupe de la musique, tu es en sécurité.

Les premiers accords d'une chanson de Massive Attack que j'adorais ont alors retenti. Alix m'avait offert leurs CD pour mon anniversaire. J'avais tout aimé, absolument tout, mais en particulier l'album *Blue Lines*. Je me suis tournée vers Gabriel qui a articulé en silence, en me montrant du doigt, « C'est pour toi ».

L'été dernier, je m'étais assise à côté de lui sur les marches d'un escalier dans une autre fête, alors qu'il faisait une pause. « C'est l'histoire d'une fille qui découvre une chanson de 1991 à propos d'une rupture, en tombe éperdument amoureuse, et le jour même, elle se fait larguer par un mec nommé Félix, tu le crois ? » lui avais-je raconté en riant.

Il s'était souvenu de notre conversation, apparemment.

J'ai incliné la tête vers Gabriel, prononcé en silence « Merci ». De rien, a-t-il mimé, la main sur le cœur, me souriant gentiment, quoique un peu plus longtemps que d'habitude.

Allez, Patricia, me suis-je dit avec gaieté. *C'est ta chanson, c'est ta soirée, c'est offert par Gabriel.*

J'étais décidée à n'être plus qu'un corps qui danse. Déjà les basses se faufilaient dans ma cage thoracique, la voix de la chanteuse m'électrisait le cerveau, des centaines de petites fourmis argentées avançaient sur mes épaules.

Je n'ai pas pu faire un pas.

J'aurais voulu arracher mon cœur, le tordre pour l'essorer de son obsession, le frotter au gant de crin sans ménagements, étouffer en lui toute velléité de battre à cette cadence effrénée.

Julian dansait sur *Unfinished Sympathy*, buvant de longues rasades de vodka à même la bouteille.

Dans un tempo aussi hypnotique que sa voix, il bougeait à peine, à la limite du contretemps, le corps oscillant avec une douceur qui me donnait envie de pleurer.

Il était complètement torché.

Il était pathétique.

Il était magnifique.

Sa façon gracieuse de danser m'attire dans un champ magnétique invisible, j'avance vers lui, prise dans un vertige dont je ne sais pas sortir, chaque millième de seconde me détruit un peu plus.

Sors de ce champ magnétique illico, me conjure ce qu'il reste de mon cerveau, *ton corps fait déjà n'importe quoi. Arrache-toi à la noire diagonale, allez, Patricia, c'est maintenant.*

Un verre se fracasse au sol, l'électrochoc sonore m'arrête net, je me sauve.

J'ai rebroussé chemin pour reprendre mon manteau en catastrophe, entendant au passage Gabriel s'exclamer « Hé, ça va, toi ? », je n'ai pas pu répondre, vite, sortir au pas de course, vite – je n'avais rien remisé, ce n'était pas terminé.

J'avais juste planqué mon attirance sous les braises, croyant contrôler ainsi l'incendie, mais c'était ma tête qui avait accompli ce subterfuge. Ma volonté avait dompté mon désir en apparence seulement, elle ne pouvait plus rien quand on était soufflée comme je venais de l'être en quelques secondes.

Je ne pourrai plus danser sur Unfinished Sympathy *avant de très longues années. Parce que je sais que je te verrai bouger toi, ton corps se mouvant presque au ralenti, à l'extrême lisière du contretemps. Parce que l'infime mouvement de balancier de tes épaules, de tes hanches, reviendra hanter ma psyché encore fissurée, à peine rafistolée, encore et encore. Sans même que je m'en aperçoive, je voudrais alors danser comme toi, mais ce serait comme si je te convoquais, et quand je comprendrais enfin cette impossibilité, ce serait trop tard, je serais déjà dévastée.*

Calmée par le froid revigorant, j'ai souri dans la rue en pensant que, pour la première fois de ma vie, je rentrais d'une soirée sans avoir dansé une seconde. Je me suis assise sur le muret d'une maison, à une cinquantaine de mètres de la fête. Piégée par moi-même d'une certaine manière, je furetais dans mon cerveau à la recherche d'une parade pour la nuit. Le repli chez Georges-Henri me paraissait une bonne stratégie pour éviter Aline ainsi qu'une avalanche de questions aussi impérieuses qu'inévitables – il était beaucoup trop tôt pour rentrer d'une fête.

Je cherchais mon portable pour appeler Georges-Henri quand Julian est apparu en haut de la rue, sa bouteille de vodka à la main. Pétrifiée, je n'ai pas bougé jusqu'à ce qu'il se plante face à moi.

– Heureusement que les verres se cassent. Ça me permet de te voir foutre le camp. Heu-reu-se-ment que les verres se cassent, a-t-il repris en tanguant dangereusement vers le caniveau.

Je l'ai rattrapé par le bras pour le faire asseoir sur le muret.

– Ferme-la Julian, tu vas réveiller tout le quartier, tu es complètement bourré.

Même s'il s'est débattu pour la garder, prétextant que c'était un excellent remède contre le froid polaire, je lui ai arraché sa bouteille.

– N'essaie même pas de te mesurer à moi, ai-je averti, je suis sobre, cycliste émérite en moyenne montagne, et toi ni l'un ni l'autre. Du moins pas ce soir. Où est Hanna ? ai-je demandé. Elle est là ? Je vais la chercher, d'accord ?

– Hanna. J'adore Hanna, a-t-il dit d'un ton ravi. Elle n'est pas là, Hanna, hélas.

Le cœur m'a manqué, je me suis mordu les lèvres pour ne pas lui dire d'aller se faire foutre. J'ai sacrifié le manteau de fourrure bleu électrique de ma sœur parce que Julian tremblait de froid. *Tant pis pour elle s'il vomit dessus, je dirai qu'il est arrivé des bricoles à son putain de manteau,* ai-je pensé sarcastique.

Je l'ai aidé à l'enfiler, malgré une évidente mauvaise volonté.

– Attends… attends… Laisse-moi, tu t'y prends n'importe comment, Patricia.

– Tu te fous de ma gueule ? Mais je rêve, Julian ? Qu'est-ce que tu veux à la fin ? ai-je chuchoté.

J'ai versé ce qu'il restait de la bouteille dans le caniveau. Quand j'ai levé les yeux, mon cœur s'est retourné dans ma poitrine. Il se tenait en équilibre instable sur le muret, revêtu de ce manteau ridicule qui lui donnait pourtant une allure folle. Les yeux noyés de vodka, il me souriait de son sourire fêlé, les mains posées sur ses cuisses, la tête penchée vers moi.

– Tu m'as manqué, a-t-il déclaré alors que je le retenais par les épaules pour qu'il ne bascule pas en avant. Suis trop bourré pour dire des choses subtiles.

Mais c'est une réalité, tu m'as manqué. Comment ça se fait ?

Je suis restée silencieuse, je le trouvais tellement attirant, fracassé, irrésistible, effrayant aussi par le pouvoir qu'il avait sur moi.

Aimer quelqu'un comme ça. 9

Nous sommes entrés en passant par la porte arrière de la cuisine d'où Hurluberlu, mécontent d'être dérangé, s'est sauvé en miaulant.

– Tu peux enlever ce manteau, Julian ?

– Euh non, je le garde. Il me va très bien.

J'ai rempli un verre d'eau en jetant une aspirine dedans avec d'infinies précautions, c'était ridicule. *Cela n'empêcherait pas Aline de se réveiller, ni de venir dans la cuisine pour déguster très lentement une tasse géante de verveine-menthe*, ai-je songé avec autant d'amusement que d'effroi.

Julian a avalé le verre d'un trait, s'est levé pour s'asperger la figure à l'eau froide plusieurs fois.

– J'ai besoin que la Terre tourne moins vite. Tu m'offres un verre d'eau pétillante, glacée si possible ? a-t-il demandé.

– Tu ne veux pas un café plutôt ?

– Non.

– Tiens. Tu te sens mieux ?

– Je me sens minable.

– Ah oui ? Ben merde alors, comment ça se fait ? ai-je dit.

Nos yeux se sont croisés un instant et il s'est marré en baissant la tête.

– C'était une bonne idée qu'on marche longtemps dans le froid.

– Tu as l'air moins bourré, non ?

– Encore un peu quand même, a-t-il avoué en faisant la moue.

– Je t'appelle un taxi ?

– J'aimerais dormir avec toi. Je peux dormir avec toi ?

– Ce n'est pas une bonne idée, Julian, ai-je presque supplié, il faut que tu rentres, je t'appelle un taxi.

Avant que je puisse bouger, il m'avait attrapée par la taille, disant d'une voix claire, comme s'il avait soudain déssaoulé :

– Pour des tas de raisons que tu ignores encore, ce ne sera jamais une bonne idée nous deux, tu sais.

En montant avec Julian dans ma chambre, j'avais parfaitement conscience de m'approcher tout au bord du précipice. J'étais curieuse de savoir si la noire diagonale et ses vertiges valaient vraiment le détour ou s'il fallait redescendre à vélo, et en vitesse, regagner la vallée.

Le jean pourri tombant sur ses hanches, Julian s'est écarté un instant pour retirer son pull, son pantalon et son caleçon. J'ai souri en me revoyant mater son cul, il n'y a pas si longtemps, « Je peux savoir pourquoi tu te marres ? » a-t-il dit. « Non, tu ne peux certainement pas », j'ai répondu en l'embrassant. Les baisers ont le goût de la vodka qui imprègne encore sa bouche, les caresses une intensité que je ne sais pas décrire, qui ont l'air de le surprendre.

– Pourquoi je ne trouve pas ça tellement étonnant ? j'ai murmuré.

– De quoi tu parles ? a-t-il chuchoté d'une voix qui envoyait des décharges électriques dans mon cerveau.

– Je ne sais pas, j'ai dit, perdue.

Je l'ai repoussé pour retirer mes sous-vêtements, le regardant me regarder sans ciller. *Je m'en fous complètement, je ne suis pas belle, ni même vraiment jolie, je ne suis rien, je veux juste être aimée par toi,* ai-je pensé.

Culotte et soutien-gorge, je les ai balancés au loin, j'ai oublié de me sentir intimidée, j'ai attrapé la main qu'il me tendait, je l'ai attiré plus près encore, lui et son sourire fêlé, et j'ai dit avec une franchise impossible à regretter « J'ai tellement envie de toi, si tu savais ».

Je caresse le tatouage sur ton bras, je sens presque sur la pulpe de mes doigts ces lettres électriques imprimées à jamais sur ta chair, la violence des mots tracés crépite depuis ta peau jusqu'à ma bouche. Avec une légèreté presque insupportable, mon corps s'élève et s'embrase tout entier contre le tien – ma nuque se tord entre tes mains, j'entends ta voix sans comprendre un traître mot de ce que tu dis. J'improvise des caresses que je n'imaginais même pas, « comme ça ? » je demande pour être sûre, « c'est tellement, tellement bon », tu murmures, et j'ai l'impression d'être détruite, de ne plus avoir de corps du tout ou qu'il flotte en apesanteur, quelque part dans l'espace, il va falloir que je le récupère un jour. Je dis une chose qui te fait sourire et que j'oublie aussitôt, je n'oublie pas, en lisant l'étonnement qui persiste dans tes yeux, que j'avais deviné avant toi pour le truc incandescent entre nous. On essaie de dormir un peu, mais au bout de quelques minutes, tu touches ma joue, demande doucement « hey, ne t'endors pas, embrasse-moi encore. Encore, s'il te plaît ». J'ai si peur de pleurer de fatigue, j'ai si peur de la beauté de ton visage défait, et aussi que la nuit s'effondre trop vite, que le jour se pointe trop tôt. Je sais aussi que cela ne m'arrivera qu'une fois dans ma vie d'aimer quelqu'un comme ça. Il n'y a pas de deuxième fois, ni le cœur ni l'esprit ne peuvent le supporter.

Ce truc incandescent entre nous. 10

– Encore une minute, monsieur le bourreau, a soupiré Julian en tirant le rideau pour garder la chambre dans l'obscurité.

Il a pris mon foulard en soie jaune posé sur une chaise, je lui ai demandé quelle heure il était.

– Je ne veux pas le savoir. Et toi non plus, a-t-il répondu en nouant le foulard autour de son cou.

La phrase tatouée sur son bras, l'allure nonchalante et la voix hypnotique, ai-je pensé, alors qu'il revenait dans le lit, *je ne pourrais plus m'en défaire maintenant, c'est foutu pour les cent années à venir.*

– On s'est embarqués dans une galère, non ? ai-je murmuré.

– Et pas qu'un peu, darling.

Il a caressé doucement mes cheveux, a ajouté l'air de plaisanter mais je savais qu'il ne plaisantait pas :

– Hey, tu aurais pu me prévenir quand même.

– De quoi ?

– Ben ça.

– Ce truc incandescent entre nous ?

– Oui.

– Quel culot, je te signale que je te cours après depuis des mois.

– C'est vrai, a admis Julian, un peu amusé maintenant. J'ai mal à la gorge. Je peux garder ton foulard ?

– Provisoirement. Tu as intérêt à me le rendre. J'y tiens, c'est une prise de guerre.

– C'est-à-dire ?

– Je l'ai prise à un mec qui m'a quittée l'année dernière, le jour de mon anniversaire. Position de principe quand on se fait larguer de façon médiocre : piquer une jolie chose à l'autre.

– Prise de guerre.

– Voilà.

– C'est qui le mec ? Je connais ?

– Non, tu connais pas (c'est faux, Félix et lui se connaissaient de vue).

– Je ressens néanmoins une pointe de jalousie.

– J'en suis navrée pour toi. Je voudrais ajouter une chose que je risque de regretter.

– Dans le doute, n'hésite surtout pas à t'abstenir.

Son expression inquiète m'a fait sourire.

– Arrête de flipper, Julian. Je ne vais pas te dire « Je t'aime », ou une connerie du genre. Non, j'ai ajouté en effleurant sa bouche du bout des doigts, ça ne m'intéresse pas ces mots, ils ont tellement servi, tout le monde s'est essuyé les pieds dessus. Je me suis aperçue cette nuit que ça ne signifie rien pour moi, c'est presque dégradant, je n'en ai pas envie.

– De quoi tu as envie alors ? a-t-il demandé, intrigué.

– À part coucher avec toi ?

– Oui, voilà, à part coucher avec moi, a-t-il dit en levant les yeux au ciel.

Que mes jambes brûlent quand je pars en montagne avec mon vélo, me sentir minuscule dans le décor et m'en foutre d'aller dans le décor, les muscles tétanisés et les poumons en feu, danser jusqu'à mon dernier souffle, me perdre dans des paysages que nous ne sommes pas si nombreux à fréquenter, voilà ce que je veux.

Ça + ce truc incandescent entre nous.

– Continuer ce truc incandescent entre nous en ne changeant rien à nos vies, j'ai balancé, le cœur battant.

– C'est une option.

– Ne parle pas comme un banquier. Tu parles de nous, là.

Il s'est marré mais a dissimulé son visage dans mes cheveux pour éviter mon regard. Sans doute a-t-il pensé à mille choses mais pas à celle-là.

Ne réfléchis pas trop, je lui ai dit en pensée, *ne me déçois pas, s'il te plaît. Pas toi.*

Son silence ne m'a pas tellement rassurée.

– C'est le moment où tu enfiles ton jean pourri en ajoutant « Désolé, il faut que j'y aille » ? Tu veux t'en aller, Julian ? Tu peux, tu sais.

– Mon jean n'est pas pourri, il est usé avec élégance. De longues années de travail avant d'arriver à ce résultat. Et il va falloir en effet que j'y aille mais je n'ai pas du tout envie de m'en aller.

Il a hésité à continuer, son visage s'est crispé légèrement. Mes mains sont devenues toutes froides d'un coup.

– Parle-moi. Julian, s'il te plaît.

– Je ne m'attendais pas à ça quand je me suis réveillé hier matin.

– À quoi ?
– Toi. Je ne m'attendais pas à toi.

Julian s'est éclipsé par le jardin, pas de mauvaises rencontres dans l'escalier ni dans la cuisine, apparemment. Il a fait signe qu'on s'appelait plus tard, j'ai hoché la tête depuis la fenêtre, j'ai agité la main, je me suis sentie conne. *Casse-toi direct en fait, Julian. Non, ne te retourne pas. Ne me souris pas non plus. S'il te plaît.*

Je marche à nouveau au bord des précipices.

Toute la matinée, j'ai fait semblant. De travailler, de lire, de parler avec Aline qui, revenue du marché, a crié depuis la porte d'entrée « j'ai trouvé des palourdes et des figues fraîches ! Viens déjeuner avec moi ».

– Je descends dans une minute, ai-je répondu d'une voix étale.

Dans ma chambre en fin d'après-midi, alors que j'étudiais sur mon lit, j'ai souri en découvrant le texto sur mon portable. J'étais soulagée. *Pourquoi tu es soulagée ? Tu es cinglée ou quoi ?* j'ai pensé en colère contre moi-même.

Le caillou dur et froid dans ma poitrine s'est dissous en lisant le message de Julian.

D'une certaine manière, ces quelques mots me permettaient de reprendre mon souffle.

Hurluberlu est venu aux nouvelles, me contemplant de ses yeux fauves depuis le seuil. J'adore quand il vient aux nouvelles.

– Rapplique, je lui ai dit, je n'ai pas la force de venir jusqu'à toi.

Il a bondi sur le lit avec sa classe éblouissante de jeune chat nommé Hurluberlu. Je me suis penchée pour frotter mon nez contre son pelage soyeux.

– Je savais qu'il allait faire ça, je le savais tellement, je lui ai chuchoté à l'oreille.

Assise sur mon lit, Hurluberlu dans les bras, j'ai relu une fois Je m'absente quelques jours. À bientôt. So much love. Julian, j'ai répondu Love back, et j'ai effacé nos deux messages.

Le téléphone a vibré de nouveau. J'ai décroché pour répondre à Georges-Henri.

– Tu ne donnes pas beaucoup de nouvelles, Patricia.

– *It's complicated.*

– Je vois. La noire diagonale ?

– Tu n'as pas idée.

– On va voir notre équipe de foot préférée perdre ce soir. Jonas, Boris, Milou, Rachid, moi… Tout le monde, quoi. Match sur écran géant.

– Pourquoi tu vas les regarder si tu n'y crois même pas ? l'ai-je engueulé soudain au bord des larmes.

– J'adore les losers, ils m'émeuvent au-delà de tout, tu sais bien.

– Je suis crevée. Pas dormi de la nuit. Insomnie, j'ai prétexté.

– Viens quand même. Ça va être un grand soir de débâcle absolue.

– C'est où ?

– Au Bar de la Rivière ? Celui avec la terrasse qui avance sur l'eau.

– C'est parfait, je déteste cet endroit.

– Ben voilà, tu vois, quand tu veux. On y sera à 19 h 30.

– Et toi, tu vas comment ?

– Comme prévu, j'aime de moins en moins vieillir. J'envisage de me tirer une balle dans chaque rotule pour me péter les genoux de façon à ne plus jamais remonter sur un vélo.

– Et après ?

– J'attendrai tranquillement la mort dans mon fauteuil préféré.

– Ce n'est pas toi qui attends la mort c'est son altesse qui vient te chercher.

– Je commence à m'inquiéter de ta trop grande lucidité, Patricia. Est-ce que ça va aller ?

– Oui. Bien sûr que ça va aller. Comme toujours.

– *You are back in the game,* comme ils disent dans ma série favorite.

– Putain, ça a l'air grave au dernier degré ton truc, tu sais ?

– Tu n'as pas idée.

Il rit doucement avant de raccrocher sans dire au revoir.

Safe from Harm. 11

Quand je suis revenue de la soirée footballistique – en vérité, un déchaînement de remarques à la fois sarcastiques et désespérées sur l'état désastreux du foot en France auquel je n'ai pas compris grand-chose – j'essayais toujours de m'éloigner de la région des précipices.

Je ne trouvais plus le chemin pour redescendre dans la vallée, il faisait trop sombre.

Pas un seul éclairage au sol pour me guider.

Du reste, la noire diagonale m'avait épinglée comme un papillon sur un point précis de sa carte, je ne pouvais plus bouger.

Il fallait attendre qu'un matin advienne, qu'un peu de lumière se fasse.

Je me sentais affreusement seule, dissoute dans mes propres pensées.

Le seul avec lequel j'aurais voulu en parler, c'était Julian. Il avait l'air de s'y connaître en noires diagonales et autres précipices.

Bien fait pour ta gueule, Patricia, queen of fucking everything, ai-je pensé.

Pour ne rien arranger, des images convulsives de notre nuit, des fragments de nos corps enlacés, un sourire, une caresse, un murmure faisaient tout le temps irruption sous mes paupières. Le souffle coupé, je restais immobile, m'imaginant que si je ne bougeais pas, elles s'en iraient, à défaut de s'effacer. Je me demandais si nous allions nous revoir un jour.

Bien sûr que oui, me disais-je l'instant d'après, *c'est obligé.*

J'avais envie de danser jusqu'à épuisement et m'endormir ensuite comme une masse. AirPods dans les oreilles, je m'y consacrais dans ma chambre, avec *Safe from Harm* en boucle, bien au-delà du volume recommandé.

Hurluberlu, effrayé par la tension qui régnait dans la pièce, a décampé au bout de dix minutes.

C'est ma sœur qui est venue crever la bulle de solitude dans laquelle j'étais enfermée avec ma musique.

J'ai ôté les écouteurs quand Aline est apparue sur le seuil.

– Quoi ? je lui ai dit, à peine aimable, les cheveux trempés de sueur.

– Tu ne dors pas ?

– Comme tu vois. Je danse.

Elle a eu la gentillesse de ne pas relever mon ton, ni de me prier de lui parler autrement.

– Je voulais t'emprunter en douce ton foulard jaune. Tu sais, cette ravissante chose que tu as piquée à cet enfoiré de Félix en vertu du principe de prise de guerre ?

– Tu arrives trop tard. C'est Julian qui l'a.

Je me suis laissée glisser au sol, et accroupie, la tête entre les mains, je me suis mise à pleurer.

Je suis allée prendre une douche pour me laver de cette sueur malsaine qui n'était ni celle de la danse ni celle de l'effort, mais plutôt un précipité d'angoisse ayant recouvert mon corps. Aline m'attendait sur mon lit avec, sur un plateau, une théière et les gaufrettes à la vanille que j'aimais. Elle m'a tendu le peignoir à motifs japonais qu'elle avait plié avec soin.

– Je te le réoffre.

– Tu es trop bonne. Merci, ai-je dit en l'enfilant avec bonheur.

L'effluve de son parfum flottait sur la soie. Comme un élixir invisible qui protégeait mon corps rompu. En versant le thé dans les tasses bleues, je m'en suis voulu de lui infliger une inquiétude. Son air blessé quand j'avais évoqué son craquage post-rupture avant qu'elle réponde « Je ne suis pas en sucre » m'est revenu à l'esprit.

– Je suppose que tu ne peux même pas avaler une gaufrette, Patricia ?

– Pas faim. J'ai mangé deux frites et bu un soda dégueulasse à la soirée débile de Georges-Henri, ça m'a coupé l'appétit à jamais. Ils ne savent même pas s'alimenter correctement, c'est vraiment des connards, les footeux.

– Et tous les cyclos sont des connards qui se dopent, diraient les footeux, je présume. Théorie des généralités qui crée le ressentiment national. Ma petite sœur vient d'y céder.

– Tu as tellement raison, ai-je soupiré. Pardon les footeux.

Aline a rigolé et la magie de son rire cristallin s'est répandue sur mes muscles contractés.

– Tu veux me raconter ce qui s'est passé ?

– Oui, ai-je dit la gorge à nouveau nouée, je veux bien.

Il était 3 heures du matin, j'étais épuisée, je n'aspirais plus qu'à m'oublier dans un profond sommeil. Je me sentais irritable et d'humeur changeante. Aline, songeuse, me jetait des regards de côté.

– Putain, arrête avec tes regards de côté, me suis-je emportée.

– Écoute, je ne meurs pas d'envie de te ramasser à la petite cuillère. Je m'étonne que tu lui aies proposé de rester avec sa copine et de te voir en douce. Tu joues à des jeux dangereux, Patricia.

– Je n'y peux rien, c'est comme ça. Je ne supporte pas l'idée, à condition qu'il le veuille du reste, qu'on soit un petit couple. Pas lui, pas moi. Pas nous.

– Mais c'est d'un orgueil ! s'est-elle exclamée.

– Et après, quoi, hein ? On étudiera ensemble à la bibliothèque, on ira en week-end, on s'organisera des verres dans les bars et des restaus avec d'autres petits couples dans notre genre ? Pardon mais je vais dégueuler.

– Tu parles comme ça maintenant ?

– Excuse-moi. Mais tu comprends, ces choses que font mes copains, qui finissent par s'installer ensemble et commander des bibliothèques où tous leurs livres seraient mélangés et un canapé terracotta avant de signer leur premier CDI, ce n'est pas pour moi… J'ai envie de mourir à cette seule idée.

– Tu es peut-être un peu excessive. Comme on peut l'être à 19 ans.

– Ne sois pas condescendante, Aline.

– Depuis quand tu penses des choses aussi définitives, aussi dénuées de nuance ?

– Depuis toujours. Sauf que je n'en étais pas aussi consciente.

– Je ne te crois pas. Ou alors tu prétends que je ne te connais pas ? C'est blessant. Ce garçon t'a retourné le cerveau, en fait.

– Donc je suis sous influence maintenant.

J'ai repoussé le plateau et j'ai pris Aline par les épaules :

– Regarde-moi vraiment et écoute bien.

– Quoi ? a-t-elle dit d'une voix tendue.

– Pourquoi tu crois que je fais du vélo ?

– Parce que... parce que... tu aimes ça ?

– Exact, j'adore. J'adore aller en montagne, qu'il pleuve, qu'il vente ou qu'il neige. J'adore que ce soit dangereux.

– Qu'est-ce que tu essaies de me dire ? Tu me fais peur.

– J'adore l'idée que je vais peut-être aller dans le décor. C'est pour ça que Georges-Henri ne me quitte pas d'une semelle. Il a peur pour moi. Ne t'en fais pas, il ne m'arrivera rien, je n'ai aucune envie de mourir, mais la route toute goudronnée que maman et papa ont tracée pour moi, je n'en veux pas. Ne rouler que le dimanche sur des chemins ensoleillés où on ne risque jamais rien, se foutre en l'air, c'est ça pour moi.

Aline me contemplait comme si elle découvrait mon existence. Je me suis allongée sur mon lit, la main posée sur mon cœur battant à tout rompre. Le souvenir de Julian endormi quelques secondes dans la même position m'est revenu en esprit. Aline s'est étendue près de moi, repoussant derrière mon oreille une mèche de cheveux qui tombait sur mon front.

– Alors sache que tu te prépares une vie à la fois très belle et très difficile, Patricia.

– Je sais, ai-je répondu, des larmes, plus de soulagement que de peine, roulant sur mes joues.

J'ai pris dans la mienne sa main fine, à la peau douce et aux longs doigts fuselés, et j'ai posé un baiser dessus. Je l'aimais tellement que mon cœur allait exploser de cet amour qui me faisait lui dire la vérité. Depuis que mon père était mort, je ne voulais plus donner le change, ni tricher avec ce que je pensais vraiment. Georges-Henri l'avait compris avant elle, c'est pourquoi il me surveillait comme le lait sur le feu.

– Je suis beaucoup plus dangereuse pour moi-même que Julian ne l'est pour moi. Mais lui et moi ensemble, depuis la nuit dernière, j'ai peur que ce ne soit pas une bonne idée, tu comprends ?

Comme par magie, mon téléphone a vibré à cet instant, et le nom de Julian est apparu.

– Finissons-en, ai-je murmuré. Il va me jeter et on ne parlera plus de tout ça dans quinze jours.

Après que la petite enveloppe s'est ouverte, j'ai lu le message. *Tu es fracassé, Julian,* ai-je pensé. *On est fracassés tous les deux*, ai-je rectifié pour être parfaitement honnête.

– Ça va, chérie ? a demandé Aline en effleurant mon bras.

J'ai adressé un beau sourire à ma sœur toute pâle qui se mordillait les lèvres.

– Je t'interdis de toucher à ces gaufrettes car je vais

toutes les manger. Tiens, regarde ça. C'est privé mais bon, je vais faire une exception parce qu'on dirait bien que je t'ai fichu la trouille et que je n'aurais pas dû t'embêter avec mes histoires.

– Comment tu peux croire une chose pareille ? Je ne veux pas que tu penses une chose pareille... Patricia !

– Quoi, Aline ? ai-je dit en riant sous cape.

– Tu vas me montrer ce texto à la fin ?!

D'un coup d'épaule, je me suis dégagée de la noire diagonale. J'ai remis une distance raisonnable entre les précipices et moi. Redescendant bien au chaud dans la vallée, j'ai posé ma tête contre celle d'Aline, lui montrant l'écran lumineux où s'affichait : Je ne sais pas quoi faire de ma peau. Miss you. Unlimited love. Julian

12. Régler ses comptes

Julian, six jours après : Je suis dans le train. On se voit ce soir, late ? Tu veux ?

Moi, dix minutes plus tard (prenant beaucoup sur moi pour ne pas répondre dans la seconde) : Oui. Viens ce soir, even late.

Dans le coffre à trésors, le souvenir de nos étreintes s'est ravivé, comme une tapisserie intime que ma mémoire déroulait d'un coup. J'ai posé mes doigts sur mes tempes, à l'endroit de mon esprit où nos corps se tordaient, se tordaient sans fin, flottant dans une espèce d'éther exquis. C'était comme un bleu sur lequel je ne pouvais m'empêcher de passer très lentement, très doucement la main, le plaisir l'emportant de très peu sur la douleur, rendant ainsi la sensation vertigineuse, addictive. Le reste du monde allait devoir se pelotonner et s'endormir tel Hurluberlu dans un coin car moi, je n'étais plus disposée qu'à voir, entendre, toucher Julian. *Dans quelques heures*, ai-je pensé, électrisée.

– Tu es toute pâle. Ça ne va pas ? m'a demandé Gabriel qui passait devant ma table, à la cafétéria.

– Si, si, ne t'en fais pas. J'ai tendance à me trouver mal quand on se croise ces derniers temps, pas vrai ?

– Je ne sais pas comment je dois le prendre ? a-t-il dit avec une légère grimace.

– Arrête. Viens. Assieds-toi avec moi.

– C'est le stress des exams ?

– Plusieurs stress conjugués, ai-je éludé, en gardant les paupières fermées un instant.

Si je fermais les yeux, je ne le verrais pas, et si je ne le voyais pas, il ne me verrait peut-être pas en train de ne pas le voir, et donc logiquement il passerait devant nous sans s'arrêter, ai-je pensé avec une sottise confondante.

Félix, hélas, s'avançait bel et bien vers nous. Il portait un pantalon cigarette gris fumé, avec un pull parfaitement ajusté, une magnifique veste en velours pourpre qui rehaussait l'éclat doré de ses cheveux blonds. Je me suis rappelé sa passion pour Oscar Wilde, Barbey d'Aurevilly et lui-même. Et l'attention toute particulière qu'il accordait à son allure. Gabriel s'est retourné en voyant ma mine embêtée et a fermé lui aussi les paupières un instant en marmonnant « Oh non, seigneur, pitié, épargne-nous cette épreuve, je n'ai pas la force ».

Je me suis penchée vers Gabriel en souriant :

– Pourquoi tu ne m'as pas dit que tu pouvais pas le supporter ?

Il a haussé les épaules, contrarié. Félix s'est arrêté pour saluer une fille qu'il a embrassée avec effusion.

Laquelle le lui a bien rendu, ai-je remarqué avec une indifférence amusée. Gabriel me regardait d'un drôle d'air.

– Quoi ? Bon, allez, balance, ai-je dit.

– On était au café, avec d'autres, la semaine dernière. Un mec que je ne connais pas a parlé de ta façon de danser. Qu'il adorait te regarder, que tu étais joyeuse et intense.

– Et ?

– Laisse tomber en fait, Patricia.

– Vas-y maintenant, c'est trop tard pour laisser tomber.

– Félix a affirmé que oui, tu étais chaude comme la braise. Le type a tout de suite rectifié en disant que non, ce n'est pas ce qu'il avait dit, mais Félix a continué en insistant lourdement, mais si, mais si, on sait tous que pour danser comme ça, il faut un peu avoir le feu au cul quand même. Ça ne m'a pas trop plu, si tu veux savoir.

Sentant le rouge me monter au cou, aux joues, au front, j'ai hoché la tête.

– Je comprends que ça ne t'ait pas plu. J'aurais fait pareil à ta place, ai-je plaisanté, d'un ton mal assuré toutefois. Tu as bien fait de me raconter, Gabriel.

– Si ça peut te consoler, tout le monde était consterné et gêné autour de la table.

Félix m'a fait un signe qui semblait signifier « J'arrive ! ». Je repensais aux bons moments que nous avions passés, l'ennui aussi dans nos conversations, le déjeuner de famille du dimanche dans sa famille où j'avais été conviée quelques fois. Mon embarras quand on disputait des parties de tennis où je jouais si mal que j'avais senti son exaspération derrière ses mots affectueux. J'étais rétrospectivement effarée d'avoir éprouvé de la peine à notre séparation. Avais-je été simplement flattée qu'il s'intéresse à moi ? Il avait fini ses embrassades, il se tenait maintenant devant nous. Me souriant avec gentillesse pendant je pensais *sombre connard.*

– Patricia, a-t-il dit en penchant la tête vers moi, pour m'embrasser sur la joue mais j'ai esquivé son baiser.

– Félix, ai-je répondu du bout des lèvres.

– Tu as l'air en forme.

– Ça va oui, merci.

– Euh, le vélo, ça va ? Alors, raconte, tu as suivi le Tour de France cet été ?

Gabriel qui avait grommelé un vague salut, a ouvert des yeux ronds, avant de le dévisager, outré.

– Ben, oui, je suis 100 % vélo, comme tu sais. Je ne fais que ça. Nuit et jour. Je ne connais ni Hannah Arendt, ni Guy Debord, je n'ai pas lu Mallarmé, jamais, pas plus que je ne connais Le Tintoret dont sans toi je penserais encore que c'est une marque de gel détartrant pour WC.

Félix s'est empourpré tout en protestant, mi-figue mi-raisin :

– Comme toujours, tu pars au quart de tour. Si je puis dire.

Mes mains tremblaient, je les ai enfoncées dans mes poches pour ne pas céder à la tentation de le gifler. Je me suis levée pendant que Gabriel disait « Euh, Patricia ? ».

Je ne pouvais pas le laisser dire, je ne voulais pas qu'il parle ainsi de moi.

Chaude comme la braise. Le feu au cul. Comment oses-tu ? Pour qui tu te prends ? ai-je pensé furieuse et blessée.

Je me suis avancée vers Félix qui a un reculé d'un pas, surpris. J'avançais encore et encore, jusqu'à l'acculer au mur du fond, tout en récitant d'une voix vibrante, basse et pleine, qui le gênait horriblement, je le voyais bien : *« Je suis encore comme une chienne aujourd'hui – Chauffeur – Allez n'importe où : "à la fournaise, à la voirie, au bordel, à l'abattoir". Il faut que je sois brûlée écartelée couverte d'ordures et que je sente tous les foutres, que je te répugne bien – et puis après ——— m'endormir sur ton épaule – ma vie elle ne sera jamais là où tu crois la trouver – tant pis pour moi*[2] *».*

– On l'appelait Laure. C'est Colette Peignot, une amoureuse de Georges Bataille, tu connais ? Elle savait écrire aussi, comme tu viens de l'entendre. Tu aimes ? J'ai lu ça entre deux étapes du Tour de France cet été, ai-je dit avec mon plus charmant sourire.

Félix a marmonné « Eh ben ça ne va pas mieux toi, hein ? », avant de s'éclipser en secouant la tête. La moitié de la cafétéria m'avait entendue, je m'en foutais éperdument. Quand je suis retournée à ma table, une fille installée non loin – peut-être avait-elle eu affaire elle aussi à Félix ? – m'a souri en me faisant un clin d'œil que je lui ai rendu avec joie.

– Patricia, a murmuré Gabriel ravi, tu déchires.

– Oui, je suis d'accord, Gabriel, ai-je répondu un peu sonnée, un peu triste, je déchire.

---

2 *Écrits de Laure*, Éditions Pauvert.

Ma personne préférée au monde. 13

Julian s'est faufilé côté jardin vers 23 heures. *Beaucoup trop Jane Austen tout ça. Ce n'est pas du tout pour moi*, ai-je pensé, distante. Je connaissais parfaitement la raison de cette soudaine retenue. Depuis quelques heures, les mots blessants de Félix tournaient, tournaient dans ma tête, écrasant de leur méchanceté la joie toute pure de revoir Julian.

Il a touché mon nez, disant avec une très légère ironie que je discernais tout de même « Notre secret est sauf, darling. Je n'ai croisé personne en bas. Même Hurluberlu ne m'a pas vu. C'est un très mauvais chat de garde. Ça va, toi ? ».

Moi, je n'ai pu prononcer un mot. Ce n'est pas ainsi que j'avais imaginé nos retrouvailles. Julian non plus d'après l'expression de son visage. Comme s'il s'extirpait d'incommensurables brumes, il me dévisageait, décontenancé, immobile. Mon cœur battait à tout rompre, je n'ouvrais pas la bouche parce que j'avais trop peur de ce que je pourrais dire.

– Parle-moi, a-t-il demandé d'une voix très douce.

– Julian, ai-je dit enfin, et il m'a serrée contre lui longtemps.

J'ai glissé la main sous son pull, mes doigts glacés tremblaient sur sa peau toute chaude.

– Tu as froid ?

– Sait-on jamais pourquoi on frissonne ? ai-je répondu, haussant les épaules, entendant la voix de Gabriel répéter le propos de Félix « On sait tous que pour danser comme ça, il faut un peu avoir le feu au cul quand même ».

– Je ne veux pas que tu aies froid. Jamais.

Je ne m'attendais pas à ces mots, ni à son geste. Il m'a soulevée dans ses bras, m'embrassant, me faisant lentement tournoyer dans la pièce. Je sentais un alcool blanc très fort dans sa bouche, que je n'identifiais pas, mais je me disais, *ça ne me regarde pas, ce ne sont pas mes affaires, je verrai plus tard, un autre jour, cette histoire d'alcool fort.*

– Tu m'as tellement manqué, ça me faisait mal partout.

– Moi aussi, j'avais mal partout de ne pas te voir, a-t-il avoué pendant que j'enroulais mes jambes autour de ses hanches, le nez dans son cou où je respirais son odeur, les yeux fermés très fort.

– Tu attends quoi pour enlever ton jean pourri ? ai-je murmuré.

– Je ne sais pas. Que tu baisses ton froc ? Tu fais preuve d'un romantisme renversant.

– À quoi ça sert ?

– À quoi ça sert quoi ?

– Le romantisme. Ce n'est pas un genre de parure sociale pour éviter de parler de sexe ?

– J'ai été bien avisé de ne pas me pointer avec un bouquet de fleurs, tiens.

– Putain, ne fais jamais ça, Julian, ai-je répondu horrifiée.

Il a éclaté de rire, me serrant encore plus fort contre lui : « Tu es vraiment barrée, tu sais ? » a-t-il ajouté avec une infinie gentillesse.

– Dit le mec qui s'est baladé en chantant à tue-tête *Light my Fire* en manteau de fourrure bleu électrique dans toute la ville.

– Je n'ai pas fait ça ?

– Si. Et c'est déjà dans la collection des souvenirs impérissables que je me garde pour mes vieux jours.

À genoux devant toi qui t'es assis sur le lit, j'égrène un chapelet de baisers lents depuis la paume de ta main à la naissance de ton poignet, ma bouche remonte jusqu'à la saignée de ton coude à présent, le sang bat à mes tempes à une cadence si folle que j'ai l'impression que mes veines vont se rompre, ta respiration s'accélère, quand ma langue touche enfin la phrase : Qu'est-ce qu'on fout ici *sur ton avant-bras, ta nuque se renverse.*

Le visage penché sur le sien, je n'ai plus bougé, je n'avais plus besoin d'aller nulle part, je contemplais depuis cet endroit précis de ma vie ma personne préférée au monde. Son regard plongé dans le mien me déchirait l'esprit avec une douceur révulsante. Terminé la terre, le ciel, l'enfer, le paradis, demain, hier, et qu'est-ce que je vais bien pouvoir faire de ma vie ? Toutes ces conneries devenues inutiles se dissolvaient dans l'espace avec une légèreté inimaginable. Mes larmes de soulagement tombaient sur ses joues, ne pleure pas, s'il te plaît, murmurait Julian, pourquoi tu pleures ?, pendant une fraction de seconde je pense même que le mouvement du balancier va s'inverser, que le désir que j'éprouve pour lui sera plus fort que mon envie de me foutre dans le décor.

JULIAN

Celle qui m'incendie. 14

Sa longue chevelure rousse incendie l'oreiller où repose son visage qui paraît plus pâle encore qu'à l'accoutumée. On aurait pu croire à une gisante de marbre et de feu. La fatigue rend ses paupières transparentes, je ne peux m'empêcher de les toucher du bout des doigts. Ses yeux gris, cernés d'une touche presque bleutée, qui s'ouvrent à ma caresse, me paraissent immenses, agrandis par l'amour, sa fatigue et l'aurore qui vient. Elle me regarde intensément, ne bouge pas, ne sourit pas.

Elle me fout la trouille par moments.

En même temps que je suis emporté, je me dis que j'adore ça, être chaviré par elle, avec elle. J'attrape au vol ces instants où le sourire s'efface, remplacé par une sorte de gravité qui nous précipite dans un silence dont je n'arrive plus à mesurer la profondeur, mais la qualité, l'intensité, oui, très certainement, j'en prends la mesure.

Je me sens aimanté par cette fille imprévue qui n'a même pas l'air de faire exprès de m'attirer. Il me prend une vague envie d'assassiner le matin qui approche.

Ne pas savoir quand je la reverrai, ne pas savoir quand j'entendrai de nouveau ce timbre rocailleux, sa voix si grave qui se casse en mille morceaux quand une émotion trop vive s'empare d'elle.

Elle n'a aucune des inflexions mélodieuses, rieuses ou charmantes des filles qui m'ont plu avant elle.

Elle ne joue pas le jeu de la séduction, ne semble pas savoir comment on y joue – ou si elle le sait, elle a l'air de s'en foutre complètement.

Avant elle, le monde était poli, tiède, prévisible.

L'univers avait sa gueule de con bien comme il faut. Avec sa dose d'emmerdes, d'ennui quasi létal, de plaisirs prévisibles dont je retirais un relatif contentement, tout en me disant avec paresse que ce devrait être largement plus excitant de vivre.

C'était un monde programmatique, qui a explosé en vol à la seconde où ma peau a touché la sienne.

Je me demande ce qu'elle ne dit pas.

Je me demande ce qu'elle a autant de mal à me dissimuler.

Une ombre obscurcit son regard depuis que je suis arrivé.

C'est comme si la moitié du ciel avait foutu le camp.

– Patricia, ai-je dit les yeux clos, sache que ça me rend dingue depuis des heures de ne pas savoir ce qui ne va pas.

J'ai tourné la tête vers elle, qui avait l'air soudain interdite.

– Comment je vais faire pour te cacher des choses si tu les devines, Julian ?

– Cela te sera impossible, et à moi aussi. Ce qui nous arrive quand on se retrouve ensemble ne supporte aucune dissimulation, même s'il est fort probable que ça nous fasse du mal un jour. Dis-moi maintenant. S'il te plaît.

Pour toute réponse, elle s'est recroquevillée, sa tête s'est inclinée sur sa poitrine, ses genoux sont remontés, et ses mains aussitôt les ont emprisonnés. Elle s'est repliée sur elle-même, comme retirée du monde.

– Est-ce que tu dirais de moi que je suis chaude comme la braise ou un truc comme ça ? J'essaierai de ne pas mal le prendre ou quoi, je m'en débrouillerai... Mais j'ai besoin de savoir si toi aussi, tu...

– C'est quoi ces conneries ? l'ai-je interrompue.

Elle sanglotait les yeux fermés tellement fort qu'elle avait du mal à respirer.

Putain, je vais pas supporter ça, je peux pas supporter ça.

Ce n'était même pas la peine que j'essaie de la prendre dans mes bras, elle allait me repousser, je le savais.

En faisant bien attention de ne pas la toucher, je me suis approché tout près, ses paupières sont restées obstinément closes.

– Qui est le fils de pute qui t'a dit ça ? Je ne sais pas pourquoi j'imagine assez bien qu'il s'agit d'un mec, ai-je demandé en essayant de me contenir sans y parvenir vraiment.

– Laisse les putes tranquilles. Les putes sont des filles comme les autres, quoique encore plus méritantes de se coller la putain d'engeance masculine, a-t-elle rétorqué. Pardon, s'est-elle excusée aussitôt, souriant à travers ses larmes. Pardon.

Ses yeux gris se sont ouverts enfin pour me regarder fixement et raconter presque en chuchotant ce qui s'est passé à la cafétéria pendant que je rentrais de ma semaine chez Hanna.

Elle a mis un point d'honneur à retranscrire les choses sous une forme chronologique. Comme pour nettoyer son récit du moindre affect. Elle a pris sur elle, de toutes ses forces, malgré un sanglot soudain qui s'est échappé de sa gorge et qui a aussitôt serré la mienne. Une longue trace rouge a enflammé son cou d'un côté, jusqu'à la coque de l'oreille qui s'est embrasée elle aussi.

– J'ai réfléchi à tout ça cette nuit, a-t-elle ajouté. Même si c'est difficile de réfléchir à quoi que ce soit quand je suis dans un lit avec toi.

– Je te retourne le compliment, j'ai murmuré, effleurant sa main toute froide qu'elle a retirée vivement.

– Tu sais, même si je l'ai remis à sa place, même si je suis fière d'avoir répondu, je me sens si humiliée que j'ai l'impression que cette humiliation durera toute ma vie. Je ne pourrai plus jamais danser comme avant.

J'ai tourné en rond toute la journée, incapable d'étudier. *Ce n'est pas la peine,* ai-je songé en regardant *L'Or* ouvert à la même page depuis des heures, *ce n'est pas la peine de s'obstiner.*

J'ai attrapé le foulard jaune que j'ai noué autour de mon cou, prenant mon caban au passage.

La porte du garage refermée, j'ai traversé la courette pour entrer dans la maison où un flot de musique splendide a aussitôt enchanté mes oreilles. Il était dans la cuisine, devant un cendrier plein, les traits tirés, un léger sourire flottant sur le visage.

– Salut Ian. Tu écoutes un vieux Portishead ?

– *Show some respect*, Julian. Comme tu le sais, *Roads* est la chanson sur laquelle on t'a fabriqué avec beaucoup d'amour. Une nuit incroyable. Difficile de trouver les mots justes.

– Tant mieux. Essaie de ne jamais les trouver en ma présence, s'il te plaît. Je sors, mais pas longtemps, je pense.

– Tu bois une bière avec moi avant ?

– Non, merci. J'ai vraiment besoin de prendre l'air.

– Je n'aime pas cet air extrêmement déterminé sur ton visage.

– Pour une fois, on ne me reprochera pas ma nonchalance légendaire, ai-je dit en me marrant.

Un sourire a fait fondre ses yeux bleus calfeutrés dans ses paupières tombantes.

– Jamais je ne pourrais te reprocher quoi que ce soit. Tu es un des grands amours de ma vie, tu sais ?

M'appuyant un instant contre le mur, je l'ai regardé avec curiosité. Je me suis dit *quel drôle de type, quelle drôle de phrase*.

– Tu as des nouvelles de ta mère, Jul ?

– Aucune. Je ne sais même pas où elle est à l'heure où nous parlons. Portée disparue. Je l'ai eue rapidement il y a deux semaines, elle était à Londres pour écrire un article sur un groupe pop dont je n'ai pas retenu le nom.

– Un groupe pop, a-t-il répété en faisant une grimace. Elle est tombée bien bas.

– Et toi ?

– Et moi, quoi ?

– Tu as des nouvelles d'elle ?

– Tu rêves, elle ne risque pas de m'en donner. On est très en froid en ce moment. Ah Jul, je ne t'ai pas dit, la production de l'album que je mixe est avancée. Bizarrement. D'habitude c'est le contraire. Je repars demain.

– Tu es rentré avant-hier.

Sa grande silhouette massive s'est extirpée du siège pour m'étreindre un bref instant. Il a passé une main tendre et douce dans mes cheveux. Je l'ai laissé faire, habitué à ses manifestations affectueuses que je savais sincères chez lui.

– Je ne te trouve pas une mine éblouissante, Julian. Prends soin de toi pour moi, d'accord ? a-t-il ajouté.

– *Always and as usual*, ai-je promis, selon la formule habituelle entre nous.

Je déteste ce foutu Bar de la Rivière. Tant de gens s'y agglutinent alors qu'on peut aller s'installer plus loin, sur les bancs en bois, ou la jetée qu'importe, y boire une bière et regarder tranquillement la rivière.

C'était irrépressible. Je savais que j'étais en train de faire une connerie mais il fallait que je fasse cette connerie.

– Tu permets ? ai-je dit en m'installant face à lui qui lisait.

L'air perdu des gens qu'on tire de leur lecture s'est affiché sur son visage. Pour une fois, je n'en ai éprouvé aucune émotion. Il a paru surpris de me voir. Il y avait de quoi, on n'était pas à franchement parler amis, ni même copains.

– Salut Julian, a-t-il dit. Tu vas bien ?

– Je fais aller.

Je me suis tu volontairement, pour qu'il s'exprime, lui. Quelques secondes à peine, et ainsi que je l'avais deviné, il s'est décidé :

– Ce foulard, je le connais.

– Ah oui ? C'est une fille adorable qui me l'a prêté.

Il a croisé les bras, souriant en coin.

– Prends-en soin, c'est une belle pièce.

Il hésitait encore, se demandait quel degré d'intimité il pouvait se permettre.

– Elle va bien, Patricia ?

– Ben non, en fait, pas vraiment.

– Je suis désolé de l'apprendre. Elle est marrante. Quoique imprévisible… Du genre qui griffe, non ?

Vas-y, aide-moi encore un peu, Félix, ai-je pensé en me gardant de répondre quoi que ce soit.

– … Pas une beauté, on est d'accord, mais très sexy. Juste entre nous, elle pue le s…

Je n'avais pas prévu de me comporter aussi connement. Ni que je ne maîtriserais pas mes nerfs. Au départ, je voulais juste qu'il s'excuse auprès d'elle. Sauf qu'avant même qu'il ait eu le temps de finir sa phrase, je l'avais attrapé par le col pour l'attirer violemment vers moi.

– La prochaine fois qu'il te prendra l'envie de discourir sur elle, fais-moi signe. Je voudrais être là pour t'aider à surveiller ton langage. À parler correctement, tu vois ? C'est important, comment on parle, ça montre qui on est. Toi qui as des lettres, tu le sais mieux que quiconque, tu es d'accord avec moi, ou pas ?

Félix s'est dégagé en me repoussant avec plus de force que je l'aurais cru.

– Eh bien, Julian, a-t-il dit, je suis d'accord avec toi, oui. On ne joue pas impunément avec le langage, il y a des conséquences. Toujours. Dont on n'a parfois aucune conscience. Vois toi-même. Tu es venu jusqu'ici pour me hurler dans les oreilles que tu es amoureux d'elle.

Les longs doigts d'éther. 15

Je me sentais tellement con d'être allé secouer Félix au Bar de la Rivière. Je n'avais plus qu'à miser sur sa discrétion puisque la mienne m'avait fait défaut. Pourtant, j'étais sûr qu'il garderait notre conversation pour lui. Ou du moins qu'il conserverait ces informations pour s'en servir au moment où il en aurait besoin, plus tard.

Je m'en foutais éperdument.

J'espérais que Patricia ferait de même.

Ne pense pas à elle, me suis-je dit la gorge soudain serrée, *arrête ça tout de suite.*

Tournant en rond dans le garage, j'ai regardé l'indescriptible et déprimant désordre. La table près de l'évier encombrée de tasses sales. Les livres étalés par petites piles un peu partout. Dans un élan optimiste, j'ai ramassé ma veste en velours qui traînait à terre pour l'accrocher à un cintre. Ça s'est arrêté là.

J'ai cherché du réconfort et je l'ai trouvé en regardant la photo de Rosie, juste à côté de celle de Blaise Cendrars, au-dessus de mon bureau. C'était une amie de longue date de Ian, il la considère comme sa petite sœur. Je la voyais moins depuis cinq ou six ans, elle habitait Londres désormais, où elle chantait dans un ensemble de musique baroque tout en traduisant des livres pour enfants pour gagner sa vie.

« Traduire et chanter, c'est lancinant, exigeant, contraignant, presque jamais gratifiant. C'est précisément ce qu'il me faut », m'avait-elle confié avec une pointe d'ironie.

Elle avait été mon premier amour. Il ne s'était rien passé entre nous à part un baiser le soir où on fêtait son anniversaire, c'était il y a près de deux ans maintenant. Marianne s'était contentée de hausser les sourcils avec une certaine indulgence. Ian, en revanche, avait très mal pris la chose, « Tu as bu trop de champagne peut-être, Julian ? Et toi aussi Rosie, non ? Je vous fais un café très fort, ça va vous faire redescendre sur terre, qu'en dites-vous ? »

Rosie me conservait une attention particulière désormais dénuée d'ambiguïté, j'agissais de même, moi aussi. On se faisait signe de temps en temps. Quand il y avait une extrême urgence déterminée par nos critères respectifs.

Elle m'avait appelé quand elle n'avait pas gardé le bébé qu'elle attendait d'Isaac, son petit ami, sans en parler avec lui.

Rosie, ce matin-là : J'ai avorté en douce, en mentant, en disant que je partais en voyage pour la chorale, tu te rends compte, Julian, avait-elle chuchoté depuis un café. Il n'est même pas au courant. Il voulait tellement un enfant avec moi. Je détruis les rêves de tous les mecs que j'approche.

Je lui avais téléphoné un jour où une irrépressible envie de me jeter du pont de la rivière m'avait coupé le souffle.

Moi, cette nuit-là : Je suis bien content que tu me répondes à 2 heures du matin, Rosie. C'est très moche ce qui m'arrive, j'ai terriblement envie d'un plongeon éternel dans cette foutue rivière. Chante-moi quelque chose de beau, chante-moi quelque chose qui ne soit pas une cantate de Bach et encore moins *Hallelujah*, par pitié. *Trying your Luck* a cappella, sur un tempo très doux, très lent a commencé dans mon oreille, et je suis rentré chez moi, raccompagné jusqu'à mon lit par l'exquis vibrato de sa voix.

J'aimais beaucoup cet instantané d'elle, épinglé au-dessus de mon bureau. Sa silhouette adolescente et ses longs cheveux bruns, qu'elle était jolie. Soulevant un pan de sa robe, elle entrait dans la rivière, de l'eau noyait déjà une de ses chevilles, elle n'avait pas vu que j'allais la prendre en photo avec mon portable, elle avait souri sans rien dire en la découvrant chez moi pendant une de ses visites, des mois plus tard.

Je m'apprêtais à ramasser le lampadaire jaune dans lequel j'avais donné un coup de pied en rentrant quand les longs doigts d'éther m'ont attrapé par le cou.

Putain, non, ai-je murmuré. Non, pas maintenant. Pas ce soir. Je n'aurai pas la force.

Immobile quelques longues et interminables secondes, dans l'impossibilité de tendre la main pour redresser le lampadaire, incapable de regarder autre chose que le rond de lumière de l'abat-jour sur le plafond, je me suis alors incliné. J'ai dit à la vague noire, ok, allez, *let's go*, viens me chercher, je t'attends.

Je suis resté là où j'étais, à genoux sur le tapis afghan que m'avait offert Marianne quand j'avais emménagé dans le garage, las de leurs disputes et de leurs réconciliations dont j'avais enfin compris qu'il s'agissait de la raison d'être même de leur relation.

« Votre façon d'être ensemble ou pas, je m'en contrefous. Ça me donne par contre bien souvent la migraine, avais-je expliqué un soir d'engueulade particulièrement théâtral, alors je déménage et aménage le garage dès ce week-end. Le coin douche et cuisine est à vos frais. Je vais dormir chez Hanna ce soir. Amusez-vous bien. »

Je suis loin de m'amuser, là, maintenant, tout de suite.

Je détaille les couleurs du tapis avec une acuité inhabituelle, presque une exaltation que donne la sensation d'être emporté par quelque chose que nul autre que moi ne voit.

La séparation que je ressens d'avec le reste du monde rend cependant mon cerveau plus souple, plus rapide, même si la finalité de cette intelligence particulière est sans objet. Elle n'a d'autre but que me torturer, je le sais très bien. Elle dilate l'esprit, déforme les sensations, brouille les sons et déchire le langage, m'offrant en contrepartie de l'énergie qu'elle prélève, une insupportable et inutile précision.

Mon esprit peut entrer dans le motif du tapis, circuler entre les fils de couleur qui s'assemblent et se nouent presque sous mes yeux mais j'ai conscience que mon effort est illusoire, que c'est juste une hallucination.

Je m'épuise à une tâche qui n'existe pas.

Les longs doigts d'éther caressaient ma nuque avec légèreté, une voix méconnaissable et pourtant familière chuchotait à mon oreille avec une logique enchanteresse. *Regarde autour de toi. Il n'y a rien. Il ne passe rien. Il n'arrivera jamais rien ni d'heureux, ni de malheureux. Tout sera toujours étal. Tu te déplaces dans un décor, un simple décor que tu occupes sans véritable raison. Il n'y a rien qui vaille le coup ici-bas, car rien de tout ça n'existe vraiment. Viens, laisse-toi emporter, là où on va, tu n'auras plus à y penser ni à en souffrir. Il n'y aura plus de douleur parce que toute conscience et toutes choses y sont abolies par la grâce de l'absolu rien.*

Les ténèbres me serraient alors dans leurs bras, relâchant parfois leur emprise, puis resserrant soudain l'étreinte quand je ne m'y attendais plus.

Comme au retour de l'exposition à Paris avec Patricia, elle me parlait, mais je l'entendais de très loin, je ne pouvais pas soutenir de conversation avec elle. J'étais si happé par le commandement de la vague noire que seule l'impérieuse observation du paysage dans tous ses détails me consolait, consumant par là même le peu d'énergie qu'il me restait.

Cela pouvait durer deux heures, une après-midi, ou deux jours entrecoupés de quelques accalmies. Je n'en avais parlé à personne d'autre que Rosie, et Hanna, par la force des choses. Inutile d'être expédié en thérapie, ou transformé en zombie sous médicaments, ou je ne sais quoi de ce genre que Ian et

Marianne pourraient imaginer, poussés par leur probable sentiment de culpabilité.

Je ne leur en voulais pas, j'avais fini de leur en vouloir. Ils se comportaient comme des enfants, me catapultant ainsi à la place de l'adulte, j'étais obligé de prendre soin de moi, tout seul, sans eux.

J'avais aussi dans l'idée que la vague noire m'accompagnerait toute ma vie.

J'apprenais à la cajoler, la caresser, la posséder pour qu'elle ne me possède pas.

J'ai avalé d'une traite ce qu'il restait de la bouteille de grappa que j'avais bue avant d'aller retrouver Patricia la veille. La chaleur de l'alcool embrasait mes poumons, lançait une chaude incantation en direction de mon cerveau, foutant peu à peu le feu au poste de commandement de la vague noire.

Au loin la lumière du phare scintillait faiblement, si faiblement.

Allez, un peu de cran, Julian, ai-je pensé, joignant mes mains dans un geste ridicule qui m'a rappelé ceux qu'on fait quand on prie.

Putain, ça ne va pas aller, ai-je compris une heure plus tard, en croisant dans le miroir du lavabo des yeux noyés dans un truc liquide qui ressemblait à une tempête en haute mer.

J'ai attrapé *L'Or* sur mon bureau, tout en prenant mon portable pour l'appeler.

– Rosie, ai-je dit alors que la sueur perlait à mon front.

– *Julian! How are you*[3]*?*

– *Not quite all right, tonight.*

– *Give me a minute, but stay with me, okay?*

– *Don't think it can be like I could go anywhere right now.*

Je me suis allongé sur mon lit, en posant mes doigts sur mes paupières alourdies par la migraine. J'entends Rosie prévenir Isaac que je l'appelle depuis Saint-Étienne. Oui, la conversation peut durer. Bien sûr qu'il n'est pas obligé de l'attendre pour aller se coucher. Oui, ce serait gentil de lui préparer un verre, et peut-être aussi un café? Ce n'est pas la peine qu'il bouge, lui, elle quitte la pièce, il peut rester dans le salon s'il veut. Je l'imagine refermant la porte derrière elle, puis se pelotonnant sur le canapé d'angle au tissu écossais, près du bow-window.

Je vois presque sa jolie tête brune qui se penche pour allumer un joint.

– *Quit this bloody bad fucking habit, Rosie**.

– *Says the guy who drinks too much. You know that I can't,* a-t-elle répondu avec un sourire que je savais doux et gentil.

– *Try your luck,* ai-je souri en citant une de ses chansons préférées.

– *Never heard of this song. So, poems?*

– *Nope. A novel, this time. The novel.*

I am listening, Julian. As long as you want. We have the whole night.

– *Listen to the most beautiful page ever, Rosie.* «*Le port*

3. Tous les passages en anglais suivis d'un astérisque sont traduits p.237-238.

de New York. 1834. C'est là que débarquent tous les naufragés du vieux monde. Les naufragés, les malheureux, les mécontents. Les hommes libres, les insoumis. Ceux qui ont eu des revers de fortune; ceux qui ont tout risqué sur une seule carte; ceux qu'une passion romantique a bouleversés. Les premiers socialistes allemands, les premiers mystiques russes. Les idéologues que les polices d'Europe traquent; ceux que la réaction chasse...»

Fuck you fucking black wave. 16

Tout de suite après une offensive de la vague noire et une fois son ressac repoussé, le calme se savoure avec une précaution infinie. Il s'apprécie quasiment comme le goût salé de l'eau de mer sur les lèvres quand on nage au large, à la tombée de la nuit ou au lever du jour, enroulé dans une tranquillité qui ressemble à de l'espoir.

Le corps pétri d'une fatigue dont l'intensité s'adoucissait à chaque heure, j'étais enivré d'avoir survécu, d'être revenu. Chacun de mes muscles s'étirait avec une souplesse dont mon esprit acceptait enfin la plasticité, au lieu de donner l'ordre à mon corps de devenir un bois marbré de veines tendues. La normalité me faisait l'effet d'une singularité si rare dans mon existence que je fulminais d'avoir à gâcher ma sérénité toute récente à étudier à l'approche des examens blancs.

De longues journées à lire, à prendre des notes.

Des heures qui ressemblent à un simple squelette, pas de chair pour nourrir l'existence.

D'interminables soirées qui paraissent pourtant

trop courtes, à travailler, à surligner, assimiler, relire, rédiger.

Recommencer le lendemain.

Ne pas oublier de mettre le réveil.

Dormir au moins quatre heures.

Ne pas trop boire, ne pas trop penser.

Deux semaines entières sans se voir vraiment, ni se toucher. Quelques textos, simplement.

– Still alive?

– Je suis vivante, oui. Et toi?

– À peine. Plus qu'une semaine de ces foutus examens blancs. À vite, ok?

– Tu me manques, tu n'as pas idée.

– Pareil. On se voit?

– Non. Après les épreuves.

– Je t'ai vue avec une béquille hier?

– Ce n'est rien. J'ai chuté à vélo. J'ai pris un virage trop court, trop vite.

– Tu souffres?

– Je crève surtout de ne pas te toucher.

– Arrête.

– Tu crois qu'on souffre moins quand on remplace une souffrance par une autre, Julian?

– Arrête, s'il te plaît.

Je la vois traverser un couloir, courir pour attraper le car, demander un double expresso de sa voix rocailleuse qui me flanque des frissons.

Un jour, elle s'est retrouvée à la table face à moi à la bibliothèque. On ne devait pas avoir l'air bien malins.

Son cou s'est coloré de rouge avant qu'agacée elle

ne rabatte ses cheveux du côté gauche. Je la regardais avec une intensité que je ne pouvais dissimuler.

Elle a dégluti en me rendant mon regard, un vertige a siphonné mon cerveau.

– Il vaut mieux que je change de place en fait, a-t-elle chuchoté les yeux écarquillés.

Il vaut mieux en effet, ai-je songé avec une petite envie de rire, un peu affolé tout de même.

Assis avec une bière sur les marches de la maison, j'ai regardé le soleil d'hiver s'en aller derrière les montagnes, son absence glaçait encore plus l'air bleu et blanc. Marianne était passée quelques jours. Égale à elle-même, intelligente, amusante, chaleureuse, ne parlant que d'elle avec un charme fou. J'avais l'impression de dîner avec une amie de marque ou une invitée exceptionnelle plutôt que de partager des repas avec ma mère.

J'ai froid mais je n'ai pas envie de bouger parce que je vais bien, je vais tellement mieux.

La fin des examens approchait, on allait se retrouver, redonner la chair qui manque à nos vies.

Fuck you fucking black wave, ai-je songé en essayant d'attraper le disque de soleil froid entre mes doigts.

Gabriel m'a téléphoné aux aurores pour me demander de l'aide, si d'aventure j'étais disponible. Nous étions copains, sans plus, son appel m'a étonné. Patricia, peut-être, nous rapprochait malgré elle.

– Je m'occupe de la musique à une fête à l'autre bout du département. Il va falloir que j'emprunte la voiture de mon père. Tu conduis, Julian ?

– Oui mais ce n'est pas une bonne idée que je conduise, ai-je répondu.

– Super, a soupiré Gabriel. Tu me feras donc la conversation pour que je ne m'endorme pas au volant au retour. Ce dont je doute un peu vu que tu es un des mecs les moins bavards que je connaisse.

J'ai souri en raccrochant. J'aimais bien Gabriel.

Une fois sur place, je l'ai aidé à installer la table, brancher les câbles, programmer son ordinateur.

Errant dans la maison, j'essayais de ne pas lier de conversation, ni de danser, ni de trop boire.

J'étais juste content de me changer les idées. De voir des visages, des sourires sans m'attarder auprès d'eux.

Tout le monde avait envie de se défouler après les deux semaines d'examens blancs.

On hurlait, buvait, embrassait plus qu'à l'accoutumée.

– Viens danser avec moi, m'a proposé une très jolie fille.

– Non, ai-je répondu gentiment, fermement.

– Pourquoi ?

– Je danse seul, toujours.

– C'est triste.

– C'est comme ça.

– Je te donne mon téléphone ? Pour un jour où tu seras moins triste ?

– Non. Je serai triste à jamais. Bonne soirée.

J'ai fini par rester aux côtés de Gabriel en discutant avec lui quand c'était possible.

Un sourire a illuminé son visage vers minuit.

– Voilà la fille que je préfère au monde.

Patricia lui faisait de grands signes depuis le seuil de la porte qu'elle venait de franchir. Comme je me tenais en retrait de la table, loin du halo de lumière qui permettait à Gabriel de voir ce qu'il faisait, elle ne m'a pas distingué dans la pénombre. Ses traits étaient tirés mais elle semblait moins tourmentée que la dernière fois que je l'avais vue. Les cheveux tombant en boucles désordonnées sur ses épaules, elle portait un jean et un pull crème tout fin que mon cerveau avait déjà jetés à terre.

Elle avançait vers nous alors j'ai reculé encore plus dans l'ombre. Je ne voulais pas l'embarrasser ni la gêner. Laissant Gabriel la mettre au courant de ma présence, que peut-être elle ignorait, je me suis éclipsé. Mon cœur battait avec une violence qui m'a fait sourire.

– Alors c'est toujours là qu'on se retrouve nous deux ? Côté jardin ? a-t-elle dit en s'asseyant près de moi sur les marches.

– Toujours par moins quinze, ai-je répondu en frissonnant.

– Je n'ai pas pris le manteau bleu électrique, désolée.

– Quel dommage, je l'aime bien.

Elle s'est mordillé les lèvres, regardant autour d'elle mais je savais que c'était pour ne pas me regarder, moi. Je me suis abstenu de parler, me concentrant comme un damné pour ne pas effleurer sa main, à quelques centimètres de la mienne.

– Tu ne dis rien, Julian ?

– Si.

– Qu'est-ce que tu me racontes de beau alors ?

Son profil se découpait dans la pénombre, des ombres vertes, jaunes ou rouges selon la couleur des spots qui illuminaient l'intérieur de la maison dansaient sur l'arête de son nez et creusaient sa joue, caressant son front, embrasant ses cheveux. J'avais l'impression d'halluciner une madone qu'un vitrail illuminé par un soleil pop inondait d'une grâce multicolore.

– Je ne sais pas. Je t'aime ?

– *That's not fair, Julian,* a-t-elle murmuré en souriant, me regardant enfin.

– Viens demain soir, ai-je dit. On a travaillé comme des dingues, on peut s'offrir une soirée de répit, non ? C'est la maison derrière le Bar de la Rivière. Tu prends le chemin des Forestiers. Juste à droite, après. Tu vois ?

– Oui, je vois, a-t-elle répondu en se levant.

– Tu vas danser ?

Hochant la tête avec une gravité enfantine, elle a étreint une seconde à peine mes doigts entre les siens, sa peau était tiède et douce.

Gabriel, que je n'avais pas vu, se tenait bien droit, appuyé contre le mur du fond recouvert en partie de lierre gelé où clignotait une guirlande de lumières dorées. Depuis combien de temps était-il là ? Je me suis levé pour le rejoindre à pas lents et mesurés, tout en réfléchissant à ce qu'allait être notre conversation. Sans doute avait-il deviné, vu, compris. Son visage baignait dans une sorte de déception mêlée de résignation, comme si les dieux avaient joué avec lui et qu'une fois encore ils n'avaient pas tenu leur promesse. Il a parlé très vite, comme pour m'empêcher de parler le premier.

– J'ai laissé mes platines à un mec qui croit que The Avalanches est un groupe de métal. Je suis trop indulgent avec les gens que je n'aime pas. En conséquence, une honte rétrospective et un désir de mort me gagnent.

– Tu as raison, le monde serait tellement plus tranquille sans les gens qu'on n'aime pas, ai-je observé, avant d'ajouter avec précaution : elle adore The Avalanches. Elle dit que c'est toi qui lui as fait découvrir.

– Il va falloir que j'écourte ma pause avant que ce crétin ne déclenche une catastrophe musicale et flingue définitivement ma réputation.

J'ai essayé de deviner si la légère tension que je sentais s'en allait ou au contraire s'épaississait. Il fumait un joint qu'il m'a tendu.

– Non merci, ai-je décliné. Il faut qu'on parle ou quelque chose de ce genre, Gabriel ?

– On va s'arrêter un petit peu avant ce moment, je préfère. Les conversations ne sont pas trop mon fort. Écoute, je ne sais pas ce que vous… Je ne veux pas trop savoir… enfin… quoi que tu aies en tête, fais attention à elle, d'accord ? L'épisode Félix l'a bien démolie, et j'ai l'impression qu'il y en a pour un très long moment avant qu'elle aille mieux.

– Je suis toujours fasciné par la capacité générale des gens à ne jamais inverser les propositions.

– Comment ça ?

– D'où tu tiens que c'est moi qui vais la faire souffrir et pas l'inverse ? D'où tu tiens que ce n'est pas moi que tu vas ramasser totalement en vrac ?

Il m'a regardé un instant, puis a aspiré une grande bouffée de son joint avant de se marrer sans bruit :

– Tu es vraiment un drôle de mec. Je t'aime bien.

– Pareil. Je propose qu'on aille trinquer à notre amour naissant à l'intérieur, j'ai vraiment trop froid. Le type derrière tes platines vient de mettre une chanson hautement suspecte. Tu reconnais ce son dégueulasse, n'est-ce pas ?

– Oh non, oh non, pas ça, non, non, pas sur mes platines, même pas en rêve, et encore moins ce soir, a-t-il grimacé en se hâtant vers la maison.

Ne rêve pas trop. 17

Le lendemain soir, j'ai allumé la lumière dans la cour après avoir dîné. Je n'avais pas envie de mettre de la musique, ni de lire. J'ai marché en écoutant le gravier crisser à chacun de mes pas. Le vide dans mon crâne se remplissait d'attente, que remplaçait peu à peu un flux de désir. Étonné de la limpidité de ce qui se passait dans mon esprit, je me laissais flotter sur les sensations.

J'ai fermé les yeux en m'allongeant sur mon lit où je me suis assoupi. Avant de me réveiller en sursaut, la gorge serrée par une impérieuse envie de pleurer, les cheveux trempés de sueur. Pas besoin de plus clair avertissement.

Une vague noire arrivait, je sentais déjà son écume lécher mon cerveau, la migraine se promenant en territoire conquis d'une tempe à l'autre.

Le plaisir de voir Patricia était remisé très loin au fond de mon crâne, mes mains tremblaient, ne s'appartenant plus déjà. Dans un état quasi second, j'ai envoyé un texto pour dire que finalement, ce n'était pas la grande forme, qu'on n'allait pas pouvoir se retrouver ce soir. On se verrait une autre fois.

À ma grande surprise, elle a écrit aussitôt : Je m'en fous, je veux te voir quand même.

Moi (faisant un énorme effort) : Viens devant la jetée alors, au bord de la rivière. J'ai besoin d'air. Je ne pourrais pas rester longtemps, tu sais ?

Elle (s'en foutant royalement) : À tout de suite. Le temps d'arriver.

Je me suis accroupi et j'ai plongé la main dans l'eau, espérant que sa fraîcheur irait glacer mes tempes brûlantes.

– Tu ne vas pas te jeter à l'eau, n'est-ce pas ? a-t-elle dit quand elle est arrivée.

– Pas dans l'immédiat, non. Il fait si clair. C'est toi qui as commandé la lune ?

– Bien sûr, j'avais envie de voir ton visage avec précision.

– Si seulement il faisait moins froid, on pourrait nager.

– Ne me prends pas au mot, je suis une adepte des bains glacés. Ça m'arrive de nager au lac après une sortie vélo.

– Dans tes rêves, ai-je dit pour la taquiner.

Au moment où je me suis entendu prononcer ces mots, j'ai su qu'il était trop tard.

– Oh non, allez, déconne pas. Tu vas attraper la mort.

Elle a ri doucement :

– La mort on l'a déjà, Julian. On l'attrape à la naissance et on vit avec, comme chacun sait.

Je l'ai regardée plier ses vêtements avec une concentration enfantine. Sourcils froncés, dents serrées, gestes précis.

J'ai fait pareil, retirant et pliant avec soin mes vêtements avant d'entrer dans l'eau.

L'hallucination déforme ses traits. J'essaie de les fixer à tout prix même si je sais que dans quelques minutes à peine, je n'y arriverai plus.

– Je ne suis pas très en forme et ma lucidité n'est pas à son maximum. Ne me laisse pas me noyer, d'accord ?

Elle a passé ses bras autour de ma nuque quand je me suis trouvé face à elle.

– Parle-moi, Julian, a-t-elle chuchoté, sa bouche presque sur ma bouche, sans chercher pourtant à m'embrasser.

– Une chose sans pitié m'attrape sans prévenir, d'abord à la tête, puis au ventre et à la poitrine, elle extrait toute force musculaire de mon corps parfois. Il y a souvent une main aux longs doigts d'éther qui serre, qui serre, qui serre mon cou. Qui veut me jeter à terre. Qui veut que je jette l'éponge. Qui envoie son cortège d'oiseaux aux yeux en boutons de rose et autres serpents-à-têtes-de-souris rampant au sol tout en récitant des poèmes de Blaise Cendrars. C'est sûr, ça occupe. Tu as à peine le temps d'envoyer un texto à la fille que tu aimes avant la sarabande, ai-je plaisanté alors que ça tapait fort sous mon crâne.

– Ce n'est pas drôle, Julian.

Elle a resserré son étreinte autour de moi avec un air farouche qui m'a fait sourire.

Je sentais son souffle sur ma joue, le clapotis de la rivière comme une chose saugrenue dont la musique douce et inattendue enchantait malgré tout, malgré le choc violent du froid sur nos corps. C'était suffisamment imprévu pour dérouter un moment le poste de commandement de la vague noire. Je me suis amusé du merdier dans la tour depuis laquelle l'ennemi observait ce bordel inattendu dans la rivière. Ici-bas on commençait à frissonner sérieusement, il allait falloir songer à sortir de l'eau.

– Ça m'arrive depuis quelques années maintenant. Je ne veux pas de psychiatre ni de médocs, ai-je articulé en claquant des dents.

– Pas de psychiatre, pas de médocs, a-t-elle répété en hochant la tête. Comment tu te sens ?

– Étonnamment bien, vu ce que j'endure. Un truc royal qui cumule des hallucinations et une violente migraine. Sans compter un risque mortel de pneumonie à présent. J'ai la folle envie que ça s'arrête.

– Alors sortons d'ici avant d'attraper la mort, a-t-elle dit d'une voix tranquille.

Je n'ai pas répondu car je ne savais pas quoi répondre. En étreignant Patricia, j'ai senti la vague noire se retirer en même temps que m'enveloppait une légèreté féerique qui n'avait plus besoin de mots.

Tout ce que j'avais réussi à ravir à la vague noire, elle le reprenait à très grande vitesse, et centimètre par centimètre, elle me gouvernait de nouveau. Pendant que je me roulais en boule sur mon lit, en serrant un oreiller entre mes bras pour ne pas hurler tant j'avais peur, je voyais Patricia de façon fragmentée, dans un temps discontinu. Essuyant ses cheveux mouillés avec une serviette, s'agenouillant devant moi pour appuyer sur le point chinois des migraines dans ma main, préparant un thé qu'on a bu ensemble, en partageant la même tasse. On a parlé parfois mais je ne me rappelle plus trop ce qu'on s'est raconté. Souvent je renonçais car le son et l'image ne correspondaient plus, je regardais sa bouche former des mots sans y trouver de sens.

Je me souviens avoir dit « Les chenilles tissent quelque chose qui ressemble à des phrases de *La Divine Comédie* sur le mur en face, tu vois ? ».

Je me souviens qu'elle a répondu sans ciller « Je n'ai jamais pu supporter *La Divine Comédie*, alors tu ne me feras pas me retourner pour en lire un passage sur ce putain de mur ». Je me souviens qu'elle a expliqué que Virginia Woolf appelait aussi ça la vague noire.

J'avais peur de voir à quel point elle n'avait pas peur.

Elle était là, ne me quittant presque jamais des yeux, imperturbable et si forte, d'une irréductibilité qui forçait mon admiration. Une présence de marbre contre laquelle je pouvais m'appuyer pour reprendre mon souffle, en attendant la prochaine bourrasque qui me balayerait de l'autre côté du ciel, salué par les rires des corbeaux applaudissant depuis un fil de fer rougi par le feu.

– Rentre chez toi, ne t'inflige pas ça, ai-je murmuré alors que j'étais pris de nausées. Je t'appelle quand je vais mieux.

Elle s'est agenouillée près de moi pendant que j'essayais de vomir dans les toilettes, je me sentais si mal, si fatigué, si effrayé. Sa main fraîche s'est posée sur ma nuque brûlante.

– Ne rêve pas trop, Julian. Je suis très bien là où je me trouve.

– Agenouillée devant des toilettes à côté d'un type qui essaie de vomir sa peur ?

– Agenouillée devant des toilettes à côté d'un type que j'adore.

Quitte-moi comme on quitte une reine. 18

Le petit food-truck d'un rouge pimpant se découpait sur la chaîne de montagnes comme un jouet qu'un enfant étourdi aurait oublié. Il exhalait une odeur de crêpes, de café et de chocolat chaud qui mettait de bonne humeur, donnait envie de sourire malgré le froid piquant en ce samedi. J'essuyais encore la dernière vague noire avec difficulté, l'épuisement tardant à se retirer. Quelques personnes occupaient les tables et les bancs en bois et admiraient la vue. Une demi-douzaine de cyclistes en cuissard, une serviette-éponge autour du cou, discutaient avec animation. La plupart faisaient des étirements en buvant des gorgées de café chaud. Il était 16 heures à peine, mais la nuit commençait déjà à tomber, ajoutant des touches de plus en plus mates au ciel encore bleu.

Elle m'a fait signe depuis sa table alors que j'avais l'impression que j'allais tourner de l'œil tant j'avais mal à la tête.

– Tu m'expliques ? Qu'est-ce qui t'a pris de me donner rendez-vous ici ? J'ai dû prendre le car des touristes pour monter jusqu'au plateau.

– Se mettre à la place des autres, qu'ils soient touristes ou manants, n'est-ce pas la seule façon de vivre, Julian ?

– Arrête, maintenant. Je suis au bord de la nausée. Tu te rappelles que l'altitude et moi on se supporte mal, n'est-ce pas ?

La main dans ses cheveux blonds désormais coupés très court, ce qui agrandissait encore plus ses magnifiques yeux qui semblaient comme sertis dans son visage, Hanna a rétorqué :

– Je voulais me venger un peu, j'imagine.

– Te venger de quoi ? ai-je dit agacé, tout en m'installant face à elle.

– Tu m'as oubliée ce matin, Julian. Tu as oublié que je venais. Tu as cru que je débarquais à l'improviste quand on s'est parlé au téléphone ce midi. Or c'était prévu, depuis des semaines. On devait passer le week-end ensemble, à être juste nous deux au moins une journée, sans bosser nos cours. Tu te rappelles ?

– Je suis vraiment désolé. Je ne sais pas quoi dire, Hanna, ai-je soupiré.

– Où étais-tu ce matin sur les coups de 6 heures ? Quand je suis descendue du train, je suis venue chez toi directement, il n'y avait personne. Tu étais passé où, hein ?

– Ne me parle pas comme ça. Je me suis réveillé très tôt, alors je suis allé marcher au bord de la rivière, j'avais besoin de prendre l'air, ai-je répondu, et c'était la stricte vérité.

– En fait ce n'est même pas la question. Tu as oublié que je venais, voilà le problème.

Une lumière violine qui ressemblait à la couleur des

iris d'Hanna se répandait sur les sommets au loin. Au lieu de les réchauffer, elle les glaçait davantage encore.

Je n'avais aucune envie de me disputer avec elle. À son regard soudain peiné, j'ai deviné qu'elle non plus.

– Il faut qu'on parle, Hanna.

– J'en ai bien peur, Julian, a-t-elle dit d'une voix très lasse.

Dans le garage, elle a jeté son sac dans un coin avec une colère revenue. Elle a envoyé valdinguer ses bottes pour s'asseoir en tailleur sur le tapis afghan, serrant dans ses bras un coussin qui traînait par terre.

– Je t'écoute, Julian.

Ne sachant pas très bien par où commencer, je me suis assis sur le lit, comme pour gagner du temps, et surtout, je crois, mettre de la distance entre nous. J'allais ouvrir la bouche quand elle m'a devancé :

– J'ai couché avec un type avant-hier. Tu ne dis rien ? Alors je continue sur ma lancée. J'ai couché avec un type qui me plaisait, certes, mais surtout parce que je voulais savoir si je penserais à toi quand il me toucherait, si j'éprouverais de la culpabilité à m'envoyer en l'air avec un autre que toi…

– Ta conclusion ? ai-je coupé.

– Honnêtement ? Ce n'était pas la nuit la plus folle de ma vie, mais non, je n'ai éprouvé que peu de regrets. Je lui ai posé la question, je lui ai demandé « Je viens de coucher avec un autre mec que mon mec pour la première fois depuis trois ans, et je me sens mal de ne pas me sentir mal. Comment ça se fait ? ». Tu sais ce qu'il m'a répondu ? « C'est parce qu'entre ton mec et toi, c'est fini, sauf que tu ne le savais pas encore. »

– J'ai rencontré quelqu'un, ai-je dit.

– Enfoiré, a-t-elle dit en me jetant le coussin à la figure.

Je me suis approché pour m'accroupir devant elle.

– On parle ou on se fait une scène grotesque avec des cris, des larmes, des jets d'objets et d'insultes à la gueule ?

– À ton avis, Jul ? Quel genre de personnes sommes-nous toi et moi ?

Je me suis assis face à elle, soudain effrayé de perdre une personne à laquelle je tenais tant. Je me demandais comment me séparer de l'amoureuse, et extraire quand même de cet être que j'allais blesser, mon amie, ma seule amie avec Rosie en réalité. *Tu es tellement minable, Julian*, ai-je pensé.

Son visage aux traits fins, presque émacié, irradié par ses yeux extraordinaires, semblait se défaire un peu plus à chaque seconde. Sa bouche tremblait mais elle ne pleurait pas encore.

– Je fumerais bien un joint, là. Tu as de l'herbe ?

– Tu sais bien que non, Hanna.

– Ah oui, j'avais oublié le fameux « *I don't do drugs* ». Tu peux boire à en crever, affronter tout seul des choses qui relèvent de l'insupportable, mais tant que tu promets à Ian et à Marianne que jamais au grand jamais tu ne toucheras à la drogue, tout va bien.

– Laisse Ian et Marianne où ils sont, je me débrouille très bien sans eux.

– C'est faux, tu te débrouilles mal, Jul !

– Tu auras beau élever la voix, on n'aura pas cette conversation, sur ce sujet précis, c'est impossible. Je ne peux pas me le permettre.

Je me suis levé pour chercher à boire dans le frigo. Il eût été étonnant que je n'aie pas besoin de quelques verres pour affronter la tempête qui s'annonçait.

– *No more vodka, no more beers*. Je vais en chercher dans le cellier de la maison. Et toi, tu préfères que je te prépare un thé, ou une camomille ?

– C'est quoi, ça ?

– Quoi ?

– Là-bas au fond ?

J'ai secoué la tête en souriant, malgré moi :

– Une bouteille de champagne. Celle qu'on n'a pas bue à mon anniversaire. Je l'ai gardée pour une autre occasion.

– Parfait. Pas la peine de me préparer une camomille.

Elle a essuyé les larmes qui coulaient sur ses joues et a ri d'un rire à la fois désolé et incrédule :

– Vas-y, envoie les bulles, Jul. Quitte-moi comme on quitte une reine.

Je voulais rendre les choses le moins blessantes possible pour elle.

M'en tenir à des généralités et des clichés.

Un garçon rencontre une fille.

Je ne pouvais pas dire à Hanna qu'en plus de notre attirance l'un pour l'autre, Patricia et moi avions quelques noires certitudes en commun que nous n'avions même pas besoin de formuler à haute voix. À moins que tout ça ne soit finalement la même chose, je ne sais pas.

Je ne pouvais pas dire à Hanna que tout le monde n'a pas forcément besoin ou envie d'être sauvé.

Je ne pouvais pas dire à Hanna que ceux qui le savent, le savent avec une insupportable acuité.

Personne n'est disposé à entendre quoi que ce soit de différent, tout en ayant l'hypocrite besoin de prétendre le contraire.

Personne n'est là pour personne, Hanna, lui aurais-je dit si j'avais été honnête avec elle.

– Pourquoi il a fallu attendre ce soir pour que tu me parles, Jul ? a repris Hanna.

– Je ne sais pas trop. Au début, j'ai juste trouvé surprenant, courageux, drôle, même, ce qu'elle m'a demandé. Je ne voyais pas pourquoi t'en parler. Je n'avais pas bien compris qu'elle m'attirait. Son côté brusque, franc, solitaire. Incroyablement hautain aussi. J'étais curieux. J'avais envie de la connaître.

– C'est là, a dit Hanna en me donnant un coup de poing dans le bras, que tu aurais dû m'en parler. À ce moment précis.

– Tu fais l'autopsie de la fin de notre histoire en temps réel, c'est ça ? On est à la télé ?

– Jul, si je ne veux pas passer des mois et des mois à me retourner le cerveau de ce que j'ai raté, pas compris, pas vu, je dois faire ça maintenant, avec toi. Même si ça me brise le cœur. Même si je sais que les jours à venir vont être tellement merdiques pour moi.

– Hanna…

– N'essaie pas de me consoler de la peine que tu me fais, c'est vulgaire, ce n'est pas nous. Tu l'as revue quand après ce que tu appelles, je cite, « une demande surprenante, courageuse, drôle » ?

– Je l'ai croisée à une fête, il y a un mois et demi

environ. J'étais vraiment très mal, dans un état pitoyable. Elle est partie dès qu'elle m'a vu. Ça m'a électrocuté le cerveau, je ne sais même pas pourquoi mais je ne pouvais pas la laisser partir. C'était impossible.

– Quand est-ce que vous avez couché ensemble ? Ce soir-là ? a-t-elle coupé en fermant les yeux.

– Oui. Elle ne voulait pas au départ. C'est moi qui voulais.

– Super. Mon moral remonte en flèche.

J'ai respiré un bon coup et j'ai expliqué ce que j'avais eu en tête, qui était une chose bête et vulgaire. Une fois qu'on aurait couché ensemble, elle me sortirait de la tête, je lui dirais bonsoir merci mademoiselle, ce fut charmant, et voilà, la vie reprendrait son cours.

– Très élégant, a-t-elle observé, sarcastique. Je t'ai connu plus subtil.

– Je me suis retrouvé pris dans un truc qui me bouleversait et me terrifiait à la fois. Une chose inédite, sensuelle, irrésistible, irrépressible et vertigineuse.

– Fais-moi grâce de tous ces adjectifs, a-t-elle dit avec une grimace. Elle n'est même pas jolie, cette fille. Aucune allure. Mais vraiment pas une once. À ce point c'est presque fascinant.

– Arrête ça, Hanna, ai-je dit en souriant malgré moi.

– Je m'en fous. C'est gratuit, mesquin et nul, mais ça me fait du bien. Autre chose dont tu aurais envie de me parler ?

– Oui. Il y a bien une chose mais je ne sais pas très bien comment tu vas prendre ça.

– Je crains le pire. Donne-moi cette bouteille, a-t-elle marmonné.

Je n'étais pas bien fier de moi, mais je l'ai fait quand même. Je lui ai demandé de continuer à prétendre quelque temps encore que nous étions encore ensemble.

– C'est vraiment malsain, a-t-elle protesté.

– C'est un genre de garantie pour elle, cette sorte de clandestinité. Ça la protège.

– De quoi ? a-t-elle dit sèchement.

– Je ne sais pas trop.

– C'est tellement tordu, Jul, a-t-elle soupiré en me repassant la bouteille de champagne.

– Est-ce que tu la juges ? Ne me dis pas que tu la juges, putain ? Elle est différente, alors ça fait d'elle une désaxée ?

– Je n'ai pas dit ça ! Et ne hausse pas le ton, s'il te plaît.

– Pardon. Ça fait peut-être partie de ce qui m'enchante chez elle. Ce refus viscéral. Elle ressemble à un refus et une offrande à la fois.

– J'hésite à te crever les yeux, tu sais ? Tu me parles de choses bizarres et merveilleuses depuis tout à l'heure tout en me jetant hors de ta vie.

– Je ne te jette pas hors de ma vie. Tu fais partie de ma vie.

– Je n'en sais trop rien, Jul. J'ignore si j'en ai envie.

J'ai bu à mon tour au goulot.

– Ne me laisse pas seul, ai-je murmuré.

– Tu m'en demandes beaucoup.

Nous étions assis côte à côte, silencieux, fatigués de parler, d'essayer de nous comprendre l'un l'autre.

Hanna s'est levée pour aller boire au robinet. En essuyant sa bouche du revers de la main, elle m'a contemplé d'un air si défait que mes yeux se sont embués. Elle a enlevé son pull, son pantalon, son soutien-gorge, sa culotte.

– Viens.

– Non, ai-je répondu avec autant de douceur que possible.

J'ai regardé par terre le temps qu'elle se rhabille. Elle a caressé rapidement ma joue, il n'y avait rien d'affectueux ni de sensuel dans son geste.

– Je me damnerais pour qu'un mec m'aime comme tu l'aimes.

– Qu'est-ce que tu racontes ?

– Tu viens de refuser de faire l'amour avec moi, tu me demandes de faire semblant d'être encore avec toi parce qu'elle serait terrifiée, ou différente, ou je ne sais quelles foutaises que tu te racontes, et pour finir tu as baissé la tête le temps que je remette mes habits. Tu ne m'as même pas regardée, ni même prise dans tes bras pour me consoler de l'humiliation que je viens de m'infliger.

– Hanna, écoute, je…

– Surtout ne réponds pas, ne réponds rien. Je dois être bien conne mais je suis, étonnamment, d'accord pour qu'on continue encore un peu cette comédie ridicule Julian-and-Hanna-so-in-love, mais pas trop longtemps. Je le fais pour toi, parce que tu comptes pour moi, quoi qu'il arrive. Trois semaines, Julian, pas une minute de plus. Le 1er janvier, on est quittes.

19. Être quittes

Le 31 décembre, Patricia et moi étions inévitablement invités à la même fête où je me languissais d'ennui, un peu plus fort qu'à mon habitude en vérité. J'avais envie de l'avoir pour moi tout seul et je n'étais pas content de penser une telle chose. Persuadé que cela lui déplairait aussi, je rongeais mon frein en me disant *quand est-ce qu'il est 5 heures, quand est-ce qu'on rentre, quand est-ce qu'on va prendre un café, juste nous, au comptoir de ce foutu Bar de la Rivière ?* Je suis sûr que tu es comme ça toi aussi, tu aimes boire des cafés au comptoir des bistrots.

Pourquoi je sais si peu de choses sur elle ? Ou est-ce inutile d'en savoir davantage car le plus important je le sais, je le devine quand nous sommes ensemble ? C'est parce qu'elle ne raconte presque rien que j'ai envie d'en savoir plus, je me dis dans une forme de logique imparable qui me satisfait à peu près dix minutes. Je tournais autant en rond à l'intérieur de ma tête que dans les pièces de la maison où se déroulait la fête au son de la musique choisie avec soin par Gabriel. Patricia dansait pendant que je m'enivrais, je m'enivrais alors que Patricia dansait, c'était parfaitement exaspérant.

Il faudrait jeter un pont entre la danse et l'alcool pour qu'on s'y retrouve elle et moi, ai-je songé, tout en maudissant Gabriel qui envoyait deux fois de suite *Trying your Luck*.

Me tournant vers lui, j'ai mimé les mots « Tu le fais exprès ? ».

« Oui, a-t-il répondu de la même façon, souriant malgré tout. Pour te casser les pieds. »

– C'est réussi, alors. Merci beaucoup.

– De rien.

Je lui avais confié un jour qu'on rangeait son matériel dans la voiture, que j'adorais cette chanson parce que c'était une chanson qu'adorait une personne que j'adorais, et que je ne voyais pas souvent. Cette année, en plus, alors que je passais chaque fin décembre à Londres, j'étais resté en France, on se demande bien pourquoi.

Aussi, à 23 h 40, j'ai écrit à Rosie : J'entends Trying your Luck à la fête où je suis et où tu n'es pas. Life sucks. Love you for ever. xx

À 23 h 50, j'ai reçu de Rosie : Je chante dans une église dans une heure, ma voix se casse un peu plus à chaque seconde. Life sucks as well in London. Love you for ever too. xx

J'essayais de ne pas trop regarder Patricia, en particulier quand un premier imbécile, puis un second imbécile ont tendu la main pour danser avec elle, ce qui me faisait littéralement grincer des dents. Tu deviens ridicule, Julian, me suis je dit, défait cette fois par ma propre imbécillité.

– Bon, ça suffit, la coupe est pleine, ai-je marmonné en la voyant plaisanter avec l'imbécile n° 1.

J'avais de toute façon une chose à lui dire, aussi lui ai-je envoyé un texto avant de sortir à 23 h 55 pour éviter les embrassades et les *happy new year Julian !*, qui avaient le don de me vriller les nerfs chaque 31 décembre.

Retrouve-moi dehors. Il y a une cabane à outils juste après le jardin, devant la maison. Je suis désolé, aucun sous-texte érotique dans ces mots, à mon grand regret. Il faut que je te parle.

Elle est arrivée trois quarts d'heure après, alors que j'étais à peu près d'humeur à incendier la cabane pour attirer son attention.

– J'ai failli attendre, ai-je dit plus sèchement que je ne l'aurais voulu.

– Excuse-moi, je n'avais plus de réseau, tout le monde envoyait ses vœux, c'était saturé. Je viens seulement d'avoir ton message. Bonne année, Julian.

– Oui, bonne année aussi. Alors j'ai deux nouvelles. Une bonne et une mauvaise. Il se trouve que c'est la même information, en réalité. C'est une question de point de vue, d'angle, de perspective qui détermine si c'est une bonne ou une mauvaise nouvelle pour toi, tu vois ?

– Non, pas trop.

Elle m'a regardé, l'air méfiant. Juste pour l'emmerder, je me suis mis à genoux tandis qu'elle reculait aussitôt.

– Accepterais-tu qu'on prenne un appart tous les deux à Saint-Étienne ? Avec des bibliothèques où tes livres et les miens seraient mélangés ? Un canapé et des plaids couleur terracotta, la couleur de l'année ? Patricia, veux-tu vivre avec moi jusqu'au restant de tes jours ?

– J'imagine que c'est la version mauvaise nouvelle. Relève-toi, idiot.

– Il va falloir que tu m'aides dans ce cas. Je suis beaucoup trop bourré, ai-je marmonné en m'écroulant de tout mon long.

– Reste où tu es alors.

Attrapant un vieux plaid miteux pour l'étendre sur le sol, elle s'est allongée dessus.

– Viens là, Julian. Tu as mal au crâne ?

– Non, pas encore. Mais ça ne saurait tarder.

En la rejoignant sur la couverture, ma contrariété s'était envolée, j'étais émerveillé car n'importe qui d'autre aurait dit « Il faut qu'on parle, Julian, tu bois trop, tu as un problème, tu dois faire quelque chose » mais elle, non. Sa main caressait ma joue, ses doigts passaient dans mes cheveux, effleuraient à peine mon front. Elle diffusait par ses gestes cette légèreté dont j'avais besoin. Qu'elle ne s'arrête jamais, qu'on reste ici longtemps, très longtemps, allongés sur le plaid miteux, dans la cabane à outils.

– Ta bonne mauvaise nouvelle selon le point de vue qu'on adopte, c'est que tu as quitté Hanna. Ou elle t'a quitté. Enfin vous êtes séparés, quoi, a-t-elle déclaré soudain.

– Comment tu sais ?

– Elle est en train d'embrasser un type dans la cuisine. Elle ne ferait jamais ça si vous étiez encore ensemble, ce n'est pas son genre.

Souriant intérieurement, j'ai tu ce que m'avait confié Hanna au sujet de son aventure d'un soir.

Je me suis demandé quel effet me faisait cette nouvelle d'Hanna embrassant un type dans la cuisine.

Ni chaud ni froid, ai-je découvert atterré par mon absence d'émotion véritable. J'ai pensé *Farewell, Hanna*, en rangeant en deux mots les trois ans de notre histoire dans une malle au fond de ma boîte crânienne.

Je n'étais préoccupé que par la courbe de l'épaule, à quelques centimètres. Captivé par le creux du cou où palpitait une veine, le bras où s'étendait la chair de poule tandis que mes doigts couraient sur sa peau, je ne pouvais plus me détacher d'elle. C'était fini pour le reste du monde que je venais de mettre à la porte. J'étais fasciné qu'une simple caresse fasse trembler ses paupières. Elle me regardait, sans fausse pudeur, se moquant éperdument que son envie soit si transparente, si ouvertement lisible. L'avantage de ne pas calculer, d'être toujours au plus près de son désir, ai-je songé renversé par autant de naturel.

– C'est que avec toi, tu sais ? a-t-elle chuchoté.

– C'est que avec moi, quoi ?

– Que je suis comme ça. Que je suis moi. Que je n'ai pas honte d'être moi.

Comme tu es courageuse d'oser dire un truc pareil, aurais-je voulu répondre mais je n'étais plus doué de langage à cet instant précis. J'étais trop cueilli pour articuler un seul mot. Quand elle s'est rapprochée davantage, passant la jambe par-dessus ma hanche, j'ai vu quelque chose de nouveau sur son visage.

Une douceur inédite flottait sur ses traits. Un éclat argenté dans ses yeux qui faisait étinceler ses pupilles grises.

– Tu es si jolie, ai-je dit, très emballé par ce que je voyais. À mon avis, tu es amoureuse, non ?

– Toi aussi tu es extrêmement joli ce soir, a-t-elle répondu, avant de froncer les sourcils.

– Qu'est-ce qu'il y a ? Je ne t'attire plus soudain ?

– Je ne suis pas persuadée que ce soit une bonne idée qu'Hanna embrasse ce type.

– Pourquoi ?

– C'est Félix, le type.

– Mais non.

– Mais si.

– Peut-être se venge-t-il de moi, ai-je glissé avec précaution.

– Comment ça ?

– Je ne suis pas sûr que ça te plaise.

– Dis toujours.

– Je l'ai secoué le lendemain du soir où tu m'as appris qu'il avait dit ces choses déplaisantes à ton propos. À part les enfants, je n'avais jamais vu pleurer quelqu'un aussi fort que toi cette nuit-là.

– Tu as fait ça ? En plus d'être le mec qui me plaît le plus au monde, tu as cassé la gueule à Félix pour moi ?

– Ce serait exagéré. Je l'ai brutalisé, on va dire.

– Même si c'est nul, j'adore que tu aies fait ça.

– *You're welcome, darling.*

Décidé à en avoir le cœur net, je l'ai attrapée par la nuque pour l'attirer vers moi. Je voulais qu'elle me regarde mais elle ne voulait pas me regarder. Elle m'a fait l'impression d'un animal qu'on essaie de mettre en cage alors je l'ai lâchée aussitôt, son air traqué m'a figé avant de me peiner. Je me suis reculé pour ne pas l'inquiéter davantage.

– Est-ce que tu flippes ? Je veux dire qu'on soit séparés, Hanna et moi ? ai-je demandé.

– J'espère que c'est juste un baiser pour fêter la nouvelle année, ou une histoire d'une nuit, Félix et elle. Hanna est bien trop chouette pour lui.

– Elle est suffisamment intelligente pour faire le tour de la question elle-même. Tu ne m'as pas répondu, Patricia.

– À quel sujet ?

– Tu sais très bien.

Elle s'est allongée sur le dos, réfléchissant quelques interminables secondes, puis murmurant « Ça va aller, à peu près. Je crois ».

Je me suis rapproché pour glisser mon visage dans son cou, j'allais devoir me contenter de ces quelques mots pour l'instant, je n'obtiendrais pas plus.

– J'ai cinq ans, ai-je chuchoté, je viens de tomber de mon vélo sur le gravier dans la cour et mon genou saigne beaucoup beaucoup. Qu'est-ce que tu fais ?

– Je te relève, et je te conseille d'arrêter de te plaindre et de gémir, c'est rien, ça arrive de se casser la figure. On ne se revoit pas pendant un long moment.

– Pourquoi ? Tu es partie ?

– Oui, pendant quelque temps, j'ai habité à Lyon, à cause du boulot de mon père qui a accepté un poste à l'hôpital. Quand j'ai douze ans, on se recroise de nouveau, je suis revenue ici. Mon père a ouvert son propre cabinet, adieu le service public.

– Sauf que je fais semblant de ne pas te connaître, tu as un appareil dentaire, tu es moche, Patricia.

– Non, mon cœur, c'est toi qui as un appareil dentaire. Et une horrible coupe au bol.

– Est-ce que tu signes mon plâtre quand même ? Je me suis cassé le bras en glissant sur une plaque de verglas devant le car avant de partir pour une sortie scolaire.

– Certainement pas. Je te vois frimer avec tes copains, et déjà quelques filles qui te tournent autour, alors non, je ne fais pas la queue pour signer ton plâtre de merde.

– On s'ignore totalement, de treize à seize ans. Bon débarras.

– Oui, quel soulagement, Julian. De toute façon, je suis très occupée, je n'ai pas une minute. Je fais du vélo, à fond, je me demande si je n'ai pas envie d'en faire mon métier, ma vie, mais mes parents m'en empêchent. Ils me rient au nez en parlant de crise d'adolescence. Pendant ce temps, tu disparais complètement de mon horizon car on t'expédie dans un internat en Angleterre. Où tu ne fais que des conneries.

– On me renvoie au bout d'un an. Marianne et Ian sont plus traumatisés que moi de m'avoir expédié dans un internat, j'en ris encore. Là-bas, j'ai lu Dylan Thomas, Wallace Stevens, Jack London, les deux Emily, Brontë et Dickinson, sans lesquels je n'aurais jamais pu devenir moi. Quand survient le grand événement de ma vie : je découvre Blaise Cendrars. Tu lis quoi ?

– Virginia Woolf, surtout, et les deux Marguerite, Duras et Yourcenar, un peu. Mais celle qui me sauve c'est Carson McCullers. Parce qu'elle me renseigne sur le monde, sur moi, et me console de tout. Elle est sans pitié aussi, elle ne me ment pas, jamais. Patricia Highsmith me fascine, je suis honorée de porter le même prénom qu'elle, je n'aurai plus jamais d'embarras à dire que je m'appelle Patricia.

– Quand je reviens en France, je suis triste car

Marianne et Ian devaient venir fêter mon bac mais ils ne sont jamais venus. Marianne a trouvé une excuse en or, Ian a raté son avion, il est désolé, il est sincère, il est en larmes, c'est moi qui le console au téléphone. À midi, je prends une cuite de l'espace pour me venger d'eux et je fais un coma éthylique. Et toi, pendant que je me noie dans l'alcool ?

– J'attends devant les grilles du lycée, après les résultats, je suis si fière. J'attends mon père qui est appelé en urgence à son cabinet et qui ne viendra pas, ma mère, elle, a oublié. Je ne suis pas étonnée de cet oubli, c'est tellement elle, je ne l'aime pas, elle ne m'aime pas, mais je ne le sais pas encore alors je perds mon temps à en souffrir, ce qui est tout à fait inutile, mais ça non plus, je ne l'ai pas compris à ce moment-là. Il est 17 heures, il n'y a plus personne, le soir tombe doucement début juillet, il n'en finit pas de tomber. Je n'ai toujours pas bougé, j'ai une telle envie de pleurer.

– J'aurais pu t'emmener boire un café au Bar de la Rivière, si je n'étais pas inconscient. Mais toi, toute seule devant les portes du lycée, tu te débrouilles comment ? Tu appelles quelqu'un ?

– Je prends sur moi, je me dis qu'on n'est pas dans un dessin animé, personne ne viendra à mon secours, alors il va falloir se reprendre, avoir le cuir solide et apprendre à tomber de vélo pour se faire le moins mal possible. Encaisser toutes ces minuscules saloperies que nous fait la vie, qui détruisent bien plus qu'on ne le croit, alors non, je n'appelle personne, et je ne pleure pas.

– Moi non plus je ne pleure pas en me réveillant à l'hôpital. Pour pleurer, il faut se sentir en sécurité, il faut être quittes avec ce qu'on espérait de la vie, enfants.

Cette fois, la réserve a disparu de son visage qui se trouve tout près du mien à présent. Je croyais l'avoir perdue en l'interrogeant de trop près sur ma séparation avec Hanna, mais elle réapparaît, je ne suis plus seul.

– Oui, a-t-elle dit, je suis d'accord avec toi. Il faut se sentir en sécurité pour accepter de pleurer vraiment, même avec cette irrépressible envie de fondre en larmes devant le lycée déserté, j'attends encore quelques années, j'attends de te rencontrer. J'attends qu'on soit maintenant.

Ses yeux scintillaient de multiples chagrins, et de mon côté, quelques soleils attristés tremblaient aussi sur mes pupilles. Je me suis senti soudain complètement démuni, je me suis rappelé mon réveil à l'hôpital après avoir bu à peu près tout ce que j'avais trouvé, j'ai revu le regard désapprobateur du médecin, ses bras croisés sur sa blouse blanche pendant que je pensais *casse-toi crétin tu ne comprends rien, je n'ai pas besoin de toi, je n'ai pas besoin de la leçon de morale que je sens venir aussi sûr que la nausée qui monte à ma gorge.*

Patricia me sauve alors, elle nous sauve tous les deux de cette vieille peine rance qui flotte, graisseuse et moche, elle la jette aux égouts avec quelques mots qu'on espérait sans doute depuis longtemps l'un et l'autre, sans le savoir vraiment.

– Allez, viens, Julian, a-t-elle dit en se levant, en me tendant la main, on se tire d'ici, les enfants qu'on était sont morts depuis longtemps. On est quittes, on a soldé notre enfance, maintenant. Allons à ce foutu Bar de la Rivière boire ce café, ce champagne qu'importe. Ce qui nous était promis puis refusé, on n'a qu'à se l'offrir nous-mêmes, n'attendons pas une minute de plus ce qui ne viendra jamais.

Le reste du monde – I. 20

Les semaines sont passées pendant que quelque chose d'intranquille luttait contre quelque chose de merveilleux sous mon crâne, sans que rien ne l'emporte. Je suis déçu de ne pas la voir plus souvent mais elle dit qu'il faut qu'elle travaille, qu'elle ne peut pas se permettre de donner raison à sa mère qui l'attend au tournant, ni de se décevoir elle-même. Elle s'exprime avec une voix qu'elle essaie de rendre douce. L'effort qu'elle fait pour polir son intonation abrupte m'émeut parce qu'elle n'y parvient pas souvent, pas complètement. Elle a l'air si contrariée d'échouer que j'en suis encore plus touché. *Tu es tellement foutu, Julian,* me dis-je décontenancé d'être aussi troublé.

Les nuits où je suis seul me font l'effet d'une antichambre qui respire une attente parfois douce parfois froide – je retiens mon souffle, pourvu que le gravier crisse sous son pas un soir très prochain.

Deux ou trois jours plus tard, le temps s'immobilise quand j'entre dans sa chambre, où depuis un fauteuil, ou assise sur son lit, elle me dit «salut mon cœur» si gentiment que mon cœur se tord à ces mots.

Si peu de conversations entre nous, tout se diffuse sans avoir besoin d'être articulé par le langage, j'en suis effrayé, pas elle. Tout comme je m'inquiète à l'idée que le monde extérieur existe à peine dans notre histoire. Elle semble imperturbable alors que j'essaie de nous extirper des moments où on est ensemble pour les prolonger vers le dehors. Elle dit oui pour se promener, visiter une exposition, elle aussi propose d'aller au cinéma ou rejoindre des personnes qu'on aime bien, comme Gabriel. Cependant, j'ai l'impression tenace qu'elle n'en a rien à faire, non par négligence, mais parce qu'elle s'en passerait sans effort et bien volontiers.

Un samedi, on boit un verre à l'entracte d'un concert de rock à Saint-Étienne où j'ai voulu qu'on aille. La musique est médiocre – on étouffe dans la salle où les voix paraissent assourdies, sans grain ni finesse. Des guitares maltraitées par une totale absence de grâce et la chaleur tiède qu'exhalent les corps dans la salle donnent mal au crâne. Je n'ai pas envie de rester une minute de plus. Mon exaspération est montée d'un cran, je n'arrivais pas à la dissimuler, je m'en suis excusé avec un sourire, en précisant : ne t'en fais pas, ce n'est pas une vague noire. Le verre suspendu devant sa bouche, elle m'a regardé avec une intensité soudaine qui m'isole, me choisit, m'emporte. J'ai pris son verre et je l'ai déposé sur le comptoir, j'ai dit : Ne bois pas cette bière pas bonne. C'est nul, tout est nul, la musique, ce son pourri. Qu'est-ce qui m'a pris ? Qu'est-ce qu'on fait ici ? Viens, on se tire, viens, on s'en va.

Une fois dehors, je me suis appuyé contre le mur.

Même si l'air frais m'a fait du bien, je me suis senti assommé par la circulation des voitures dans la ville. Les rires qui s'écoulaient d'un café tout près me tapaient sur les nerfs, le monde entier fait trop de boucan ce soir. Je sais très bien que ce n'est pas que cela qui me crispe.

Elle m'a observé quelques secondes à nouveau, puis elle a rigolé doucement.

– Je n'en crois pas mes yeux. Tu flippes, MacAffrey.

– Pas du tout, Rosset.

– Si, tu flippes. Pourquoi tu flippes? À cause de nous, c'est ça?

– C'est trop simple, trop évident. Monde extérieur anéanti. Nous 1, lui 0. Équation très suspecte. Ça va m'exploser à la figure, ça va nous exploser à la figure. On va prendre cher.

Elle s'est marrée à nouveau.

– C'est en effet embêtant. Pas très catholique d'être si heureux. Et si on se punissait un peu? Tu préfères beaucoup? Passionnément, peut-être? Quel degré de souffrance choisis-tu? Allez, toi d'abord.

– Arrête. Arrête de te foutre de ma gueule, s'il te plaît, j'ai dit, soudain énervé.

– J'arrête. On marche?

– Non.

– Tu préfères aller boire un verre?

– Non.

– Julian, ça ne va pas? Qu'est-ce que tu as?

– Je crois que je vais tomber dans les pommes, j'ai annoncé avec le sourire, je me sens déjà glisser jusqu'au sol.

– Tu plaisantes?

– Non.

– Julian ? Oh non, Julian, a-t-elle dit en me saisissant par le bras tandis que je m'écroulais à moitié.

J'ai l'impression de suffoquer dans cet air devenu irrespirable, de n'être retenu à la surface de la Terre que par un fil, sa présence. Il me semble qu'elle a demandé à quelqu'un d'arrêter un taxi.

Je tiens à peine debout elle murmure Julian je suis là mon cœur je suis là son corps se presse contre le mien pour que je tombe pas tout droit jusqu'en enfer elle dit regarde-moi avec une attention infinie sa voix est minérale rien ne cille dans ses traits qu'elle a rendus de marbre aucune peur dans ses pupilles grises je suis là elle répète mon prénom non ne ferme pas les yeux essaie de ne pas fermer les yeux s'il te plaît et je songe depuis les brumes où je me perds que personne ne prononce mon prénom comme elle Julian chuchote-t-elle à nouveau et c'est comme quand elle le dit lorsqu'on fait l'amour les frissons et le vertige m'attrapent au creux du ventre sans que je sache ce qui les provoque désormais les mots remontent aussi depuis ma gorge je sais que tu es là mon amour tu es tellement mon amour si tu savais à quel point tu l'es j'ai envie qu'on foute le camp qu'on rentre chez toi chez moi peu importe où tu voudras on se tire tout de suite ou je vais me mettre à hurler je voudrais m'abîmer jusqu'au petit matin dans le sommeil l'alcool l'amour ou les trois à la fois tant que c'est avec toi mais on ne peut pas rester ici une minute de plus j'ai l'impression de crever au milieu de tous ces gens tu comprends ce bruit qui ne cesse jamais cette rumeur infernale me tue à petit feu je ne supporte pas je renonce au monde à tout le monde putain ce soir je ne peux plus supporter personne d'autre que toi s'il te plaît on rentre maintenant

ou est-ce trop demander ?

21. Le reste du monde – II

Je me suis assis sur le premier siège libre au comptoir du bar à la gare de St Pancras. Pendant quelques secondes, je n'ai plus bougé.

J'ai repensé à mon obstination à relier notre histoire au monde extérieur, à sa docilité qui ressemble plus à une envie de me faire plaisir qu'à une nécessité.

J'ai repensé à ce concert il y a quinze jours où elle devine mieux que moi ce qui me tourmente.

J'ai repensé à mon malaise ce soir-là, à la fulgurante envie de me laisser glisser jusqu'au sol avant qu'elle me rattrape par le bras, et qu'enfin un taxi s'arrête, qu'enfin on rentre.

J'ai repensé à cette même nuit, où je me réveille simplement pour m'assurer qu'elle est bien là, qu'on dort ensemble, avant de sombrer aussitôt dans le sommeil, jusqu'au milieu de l'après-midi.

– *A vodka without ice, no, make it double, or let's say triple, please,* ai-je demandé au serveur.

Il a hoché la tête, aucune réaction particulière ne transparaît sur son visage. Il doit voir de drôles de choses dans ce no man's land d'où on part, d'où on revient. On stationne sans rester vraiment très longtemps mais les pensées ne sont pas habituelles, elles ont un statut spécial à cause de ce sentiment de transit et d'exil temporaires. Je l'ai constaté souvent dans mes allers-retours entre Londres et Saint-Étienne, les gens fondent souvent les plombs dans ce bar suspendu au-dessus des rails. Un endroit favorable à tant de fantaisie et de détresse, me suis-je dit en contemplant un homme aux yeux mélancoliques qui sifflait tout seul une bouteille de vin blanc. La fleur fraîche à sa boutonnière penchait dangereusement vers le sol – est-elle en train de se flétrir à grande vitesse ? – je me suis imaginé que c'était un type qui s'était tiré de son propre mariage.

De mon côté, c'est une impulsion irraisonnée qui m'a décidé vingt minutes plus tôt – je suis parti de ma fête d'anniversaire qui se déroulait chez Marianne, avec Ian, Rosie, Isaac et quelques amis de Shoreditch. Le nom de Rosie est apparu sur mon téléphone, j'ai décroché. Elle m'a demandé où j'étais passé, je lui ai répondu : J'ai foutu le camp. Je suis à St Pancras, je rentre. Ok, a-t-elle dit, je te couvre aussi longtemps que je peux, pas plus de dix minutes à mon avis. Marianne va te tuer. J'ai hésité un instant, puis j'ai quand même rétorqué : Je m'en fous de cette sauterie. J'ai envie d'être à Saint-Étienne ou que Saint-Étienne vienne à moi, peut-être. Et merci de ne pas alerter Marianne, Rosie. À ton service, dearest, a-t-elle dit, puis j'ai entendu un petit rire. C'est très adorable ce que tu t'apprêtes à faire. On n'a pas tous les jours vingt ans, Julian, autant les passer avec quelqu'un de spécial, a-t-elle ajouté avant de raccrocher.

Au bout d'un moment, j'ai compris que Rosie m'encourageait à aller au bout de mon idée – au moins je n'aurais pas de regrets ainsi. Je lui ai écrit avant de trop réfléchir Salut Patricia. Prends le train de 17 heures, tu seras à Paris dans la soirée, je viens te chercher sur le quai.

Je me suis dit tant pis, elle n'a qu'à flipper, avant d'appuyer sur la touche *Envoi*. Puis j'ai rangé mon téléphone en le mettant sur le mode silencieux, je n'avais pas envie de me torturer pour savoir si elle allait me répondre, encore moins si elle allait venir. Bizarrement, je me sentais apaisé alors que j'aurais dû être sur le qui-vive, ou en proie à une certaine agitation. Non, ai-je constaté, je n'éprouvais rien de tout ça, je faisais ce qu'il fallait pour être où j'avais envie d'être avec la personne que j'avais envie de voir – sans rien espérer d'autre que cela pour l'instant.

J'ai essayé de dormir dans l'Eurostar, me réveillant de temps en temps en sursaut, sortant mon portable, le scrutant d'un air probablement sot ou vide, puis le rangeant de nouveau dans ma poche. Aucune connexion, clamait l'écran depuis un long moment. On s'est arrêtés plus d'une heure et demie aux abords de Paris, un groupe de gens sur les voies, il paraît. Soyez maudits qui que vous soyez, êtres errants sur les voies, alors que pour une fois je sais où je vais, alors que pour une fois je sais pourquoi.

Les minutes passant, j'ai laissé filer ce qui m'échappait, ce que je ne pouvais contrôler quoi que je fasse, j'ai abandonné cette étrange lutte qui me paraissait sans objet. Alors j'ai compris avec une évidence criante qu'il n'y avait rien à combattre, c'est l'effet qu'elle me faisait, elle. Tout semblait foutre le camp, d'une façon aussi joyeuse qu'inévitable depuis que j'avais quitté la soirée organisée par Marianne. J'ai regardé les journaux que j'avais achetés et que je lisais d'habitude sur le chemin du retour à Paris, je n'arrivais pas à comprendre une ligne, que ce soit en anglais ou en français. Le reste du monde, ou le monde extérieur, disons, me glissait entre les doigts. Depuis plusieurs semaines, mon esprit ne retenait que le strict nécessaire, il battait la campagne au son d'une musique intérieure plus forte que les fracas désolants de la planète.

Elle a l'air moins perdue que moi, avais-je confié à Rosie quand on avait dîné ensemble à Londres la veille au soir. Ses livres et ses copains du club de vélo lui suffisent. Elle s'en va très tôt le matin rouler dans la montagne alors qu'il fait un temps dégueulasse, elle part surtout quand il fait un temps dégueulasse d'ailleurs. Quand elle revient, c'est le visage lavé, lisse de tout souci, de tout ennui, ça me fascine cette étrange absence au monde, même si elle ne dure pas. Elle se met au travail aussitôt après, absorbée dans une tâche dont elle sort pour me sourire, me regarder un instant, avant que son visage se referme et qu'elle replonge dans ses notes. Je l'ai observée au café, tu sais Rosie, quand on se retrouve à boire des verres en fin de journée avec des copains ? Plutôt silencieuse, mais écoutant la conversation, je l'ai vue regarder l'horloge avec une discrète régularité, à chaque soirée. J'ai compris qu'elle attendait que l'heure tourne, que les minutes passent suffisamment pour qu'il lui soit possible de s'éclipser sans paraître impolie ou attirer l'attention. Pourtant je devine qu'elle n'en aurait strictement rien à foutre, si jamais on le lui reprochait. Que je parte avec elle ou pas n'a pas l'air d'entrer en ligne de compte, même si je vois bien qu'elle est contente qu'on rentre ensemble. Elle passe son temps à dealer avec le monde extérieur, il faut qu'elle le tienne à distance, ou tout du moins en respect. Mais elle n'a pas l'air malheureuse? avait demandé Rosie. Non, non, pas du tout, je ne crois pas, avais-je répondu. Alors arrête d'enquêter sur elle en douce, je trouve ça indiscret, voire intrusif. Pourquoi la scruter ainsi, comme sous un microscope? C'est moche, avait ajouté Rosie d'un ton révolté qui m'avait surpris. Si elle se sent traquée, tu pourras lui dire adieu.

Un frisson m'avait traversé à cette idée, ce qui avait fait rigoler Rosie même si elle avait eu le bon goût de ne rien ajouter quand je l'avais regardée de travers. Moi aussi j'avais fini par sourire, je ressentais des choses si inhabituelles qu'elles me montaient au cerveau aussi vite qu'un alcool fort qu'on boirait sans avoir rien mangé.

En consultant mon portable qui avait repris vie à l'entrée du train dans Paris, j'ai découvert une flopée de messages furieux de Marianne, amusés quand ils étaient signés de Ian. Deux ou trois copains rivalisaient d'ironie et de plaisanteries en découvrant que j'étais parti sans dire au revoir. Why on earth didn't you come with her*? me demandait Isaac qui avait dû parler avec Rosie. Because she would have said no, Isaac*, ai-je murmuré, avant d'éteindre une nouvelle fois mon téléphone.

Aussitôt franchi le portique de l'Eurostar, je me suis marré en me mettant à adorer la gare du Nord même si je savais que ce n'était pas du tout ça qui me rendait heureux mais plutôt la silhouette immobile au bout du quai. Vite, l'odeur de ses cheveux, la texture de sa peau, et quelque chose de si consolateur dans la chaleur de son corps contre le mien, qu'il était impossible qu'il m'arrive quoi que ce soit de meilleur au monde en cet instant précis.

J'ai retenu mon élan parce qu'elle gardait les mains dans les poches de son manteau, mentionnant d'une voix égale: «J'ai vu sur le site que l'Eurostar était très en retard, alors je suis venue te chercher sur le quai plutôt qu'attendre que ce soit toi qui viennes.» Elle n'a rien ajouté, ni posé de question, je me suis gardé de me justifier.

– Tu vas me dire bonsoir, voire même m'embrasser, Rosset? ai-je demandé avec précaution.

– Non. Et toi, MacAffrey?

– J'en ai assez envie mais je vais prendre sur moi.

– Tu es parfait, ne change rien. Je ne veux pas d'un autre mec que toi. On va manger un truc? J'ai faim.

– Il y a une brasserie très bonne, pas loin. Ça te tente?

– D'accord. Allons-y.

– On va se disputer?

– Tu veux?

– Ben non.

– Alors pourquoi on se disputerait?

– C'est d'une logique implacable. Je peux t'embrasser pour te féliciter?

– Non.

On s'est quand même embrassés devant la brasserie.

– Ne t'imagine surtout pas que tu es irrésistible.

C'est uniquement moi qui souffre d'un déficit de volonté consternant, a-t-elle dit en m'enlaçant très longtemps, très fort. C'est si bon de te voir, Julian.

Un peu avant minuit, quand on s'est retrouvés dans une chambre d'hôtel miteuse parce qu'on avait raté le dernier train, je me suis dit qu'il fallait que je lui explique ce qui se passait. Je n'avais pas envie d'avoir vingt ans dans une pièce où elle ne serait pas, c'est pour ça que j'avais foutu le camp de Londres avant que sonne l'heure fatidique de mon anniversaire, dans quelques minutes.

Je suis descendu acheter une bouteille de champagne dans une épicerie près de l'hôtel alors qu'elle prenait une douche.

Quand je suis remonté, elle était toute pâle sur le lit, sa bouche aussi était décolorée, comme blanchie, elle m'a regardé avec les yeux agrandis, mouillés d'une drôle d'écume qui ne ressemblait ni aux larmes ni à un émoi que j'arrivais à identifier, plutôt une sorte de peur qui aurait fondu sur elle.

– J'ai cru que tu avais filé à l'anglaise, a-t-elle plaisanté d'une voix écorchée qui ne plaisantait pas.

Je me suis assis face à elle, j'ai ôté mon caban que j'ai posé sur ses épaules nues. Les couleurs sont revenues sur ses joues, je me suis senti tellement heureux, quand on n'éprouve rien d'intense pour un mec, on ne perd pas sa voix comme ça, on ne se décompose pas à ce point. J'ai pourtant eu peur de briser cette transparence qui rendait les mots inutiles, alors je me suis contenté de déboucher la bouteille de champagne.

– À toi l'honneur, ai-je dit en la lui tendant.

Elle a pris la bouteille, a bu quelques gorgées.

– On fête quoi ? Que tu arrives à me faire ramper jusqu'à Paris avec quelques mots ? En claquant des doigts, en somme ?

– Tu regrettes ?

– Pas une seconde, a-t-elle dit très vite. Mais je n'aime pas que tu aies un tel pouvoir sur moi. Ça me tue, tu sais ? Parfois, ça me fait honte d'être à genoux comme ça. Et je ne parle pas de cul, que ce soit bien clair. Alors, on fête quoi, Julian ?

Je n'ai pu m'empêcher de sourire, repoussant ses cheveux en désordre, complètement emporté par cette franchise que je trouvais si séduisante, retenant les mots qui se précipitaient sur mes lèvres. *Et toi, si tu savais le pouvoir que tu as sur moi,* ai-je pensé en effleurant sa bouche. Chaque parcelle de mon corps brûle en la regardant, ma tête s'embrase de pensées tourbillonnantes, je ne sais même plus où je suis, ça fait à peine trois jours qu'on ne s'est pas vus, ça ressemble à trois siècles au moins.

J'ai envoyé valser mon pull, mon jean, réfléchissant tout en me déshabillant à une réponse supportable, qui ne serait pas flippante au dernier degré pour une fille qui regarde les minutes s'égrener sur une horloge en attendant de foutre le camp d'un bistrot où on boit un verre avec des copains.

La première fois où elle a pris ma main dans sa chambre – son sourire tremblait et sa voix pourtant si sûre – m'est revenue en mémoire. Se souvenait-elle de ce qu'elle avait dit, parce que moi je n'avais pas oublié, je ne pouvais pas oublier ces mots dont le charme absolu m'avait aussitôt envoûté.

– On célèbre un truc du genre qui ne peut pas attendre, un truc du genre *j'ai tellement envie de toi, si tu savais.*

Au sourire qui a flotté sur ses lèvres, j'ai vu qu'elle se rappelait parfaitement que c'était elle la première qui avait prononcé cette phrase.

– Apparemment, tu flippes encore plus que moi de tout foutre en l'air entre nous, a-t-elle dit en me repoussant soudain. Parce que tu es en train de me raconter des conneries, là. Ce n'est pas pour ça qu'on est ici.

Elle a ramassé mon caban par terre et l'a posé sur ses épaules en frissonnant.

– On meurt de froid dans cette chambre. Pitié, arrête de faire cette tête, Julian.

– C'est parce que je ne te suis pas bien, en fait.

– J'ai eu Rosie, tout à l'heure. Je l'ai appelée parce que tu ne répondais pas à ton téléphone. J'en ai appris des choses. Ce n'est pas parce que je n'aime pas fêter mon anniversaire que je ne peux pas fêter le tien.

– Tu détestes sortir. À part en montagne, avec ton vélo. Tu serais venue à Londres avec moi ?

– Je n'ai pas besoin du monde extérieur, ou très peu. J'ai déjà avalé et je pense, digéré la déception qu'il me procure et je ne me fais aucune illusion sur la capacité à remédier à son horreur, que ce soit par la grâce d'autrui, d'un collectif, de la providence, ou de je ne sais quoi. J'ai décidé de m'en passer, de vivre sur une autre abscisse et une autre ordonnée, et de laisser lâchement les autres s'en occuper, du monde. Sauf en cas de force majeure, du genre le fascisme imminent ou quand cela ne me sera pas possible de ne pas réagir. Je me mets hors concours délibérément, je fuis mes semblables, oui, c'est vrai. Il va falloir que tu fasses avec. Ça ne fait pas de moi quelqu'un de bien, j'en ai conscience, mais pas non plus quelqu'un d'infréquentable et de totalement asocial, si ?

– Tu crois que je te juge ? Vraiment ?

– Je ne sais pas. Je n'aime pas parler, et ça te tracasse aussi, je le sens. C'est difficile pour moi de parler, je vénère le non-explicite, tu comprends ?

Comme je n'ajoutais rien, elle s'est humecté les lèvres, croyant que j'étais déçu ou je ne sais quelle connerie de cet ordre, alors que je répondais uniquement pour relancer la conversation ou me taisais pour la faire parler davantage. Presque tétanisé qu'elle se mette enfin à s'exprimer sans fuir, j'ai trouvé mon subterfuge odieux mais je me suis tu quand même. D'une voix moins assurée à cause de cette fausse interprétation qu'elle avait de mon attitude, elle a poursuivi avec un violent effort qui me faisait de la peine.

– À part mon retrait du monde, qui peut paraître consternant ou fautif – je me fous de ce qu'on peut en penser du reste –, j'aurais été heureuse de te faire plaisir. Alors, oui, je serais venue à Londres parce qu'il y a là-bas des gens que tu aimes et avec lesquels on aurait pu fêter ton anniversaire.

– J'ai bien fait d'acheter du champagne. C'est la plus longue conversation qu'on ait jamais eue, non ?

– Va te taire foutre, Julian, a-t-elle dit en souriant vraiment, en souriant enfin.

– Quel sourire éblouissant pour une fille aussi médiocre.

– C'est ce que font les filles médiocres, elles sourient de façon éblouissante à des types comme toi. J'ai un cadeau pour ton anniversaire.

Fouillant dans son sac, elle en a extirpé des dizaines de paquets de crocodiles multicolores. Elle a rigolé toute seule pendant que je me sentais à la fois con et happé par la vision de son corps nu car mon caban venait de glisser de ses épaules. Il ne m'a pas échappé pas non plus que j'étais remis à ma place avec ce présent ironique qui me blâmait pour ma suffisance ce fameux jour, au musée. Châtiment adouci par la remémoration du goût acidulé de ces petites bêtes fondant sur la langue, cette saveur enfantine et violente qu'aura toujours notre premier baiser.

J'ai rattrapé de justesse le crocodile rouge qu'elle a lancé dans ma direction.

– *Happy birthday,* mon cœur. Il n'y a qu'un endroit du monde qui vaille la peine pour moi. C'est celui où nous sommes ensemble, Julian.

– *Fuck the rest of the world,* alors. Viens.

Fermer les yeux. 22

Les brins d'herbe dans le jardin avaient gelé, et sous le rayon de lune, ils brillaient d'un éclat presque blanc, tels de minuscules filaments étranges et inégaux pointant vers le ciel.

Un genre d'offrande nocturne vers une autre galaxie, ou des dieux plus gentils, qui sait, ai-je espéré un instant.

Hurluberlu s'est approché de la main que je tendais vers lui. Il a posé sa gueule chaude et dégoulinante de bave sur ma paume avant de laper ladite bave avec une satisfaction tranquille.

– C'est dégueulasse, Hurluberlu. Aucun chat sur cette planète ne fait des trucs tordus comme ça.

Je l'ai pris dans mes bras, le caressant, me réchauffant à sa chaleur alors qu'il ronronnait à toute vapeur. Je l'ai bien calé contre moi, avant de sortir mon portable pour appuyer sur la touche qui composait son numéro.

– Je suis en bas. Avec Hurluberlu. On est quasi morts de froid, ai-je annoncé en marchant de long en large.

– Je n'aime pas que tu viennes à l'improviste, a-t-elle répondu après un très long silence.

– Je sais.

– Et donc ?

– Et donc je m'en contrefous parce que je ne t'ai pas vue depuis huit jours. Je veux passer la nuit avec toi, je veux que tes cheveux tombent sur mon visage, je veux te toucher, que tu me touches, je veux tout ça. Maintenant.

La lumière s'est allumée et j'ai vu sa silhouette derrière le rideau, qu'elle tirait à présent pour me regarder.

– Tu as l'air con. Et Hurluberlu aussi. Vous avez l'air cons.

– On te remercie chaleureusement pour cet accueil.

– Montez tous les deux.

Tout s'explique, ai-je pensé la gorge soudain sèche. Le silence relatif, les textos minimalistes, le ton quasi glacial depuis quelques jours.

Elle se mordillait le pouce en me regardant avec méfiance.

Mes mains dans les poches de mon jean se sont repliées pour former deux poings serrés.

Quand elle s'est penchée pour prendre Hurluberlu dans ses bras, son visage a pâli, tant ce minuscule effort lui coûtait.

Putain, qu'elle s'évanouisse de douleur, rien à foutre, ai-je pensé en pâlissant moi-même.

– Tu comptais m'en parler, Patricia ? Un jour ou l'autre, je veux dire ?

– Je me suis pris une bonne gamelle, comme tu vois. Ça arrive quand on fait du vélo.

– Je suis curieux de savoir si tu arrives à bouger la nuque ? L'hématome sur la joue, ça va aller ? Et ton bras alors ? Tu peux le plier ou plus du tout ? Ah au fait, tu as passé des examens ? Le crâne, rien de fissuré, j'espère ?

– Je portais mon casque, a-t-elle dit d'un ton hautain. Et on s'est très bien occupé de moi à l'hôpital, merci. Ne prends pas ce ton condescendant. Je n'ai pas besoin de chevalier servant ou de sauveur, ou de je ne sais quoi de cette sorte.

– Je dis juste que ça m'a l'air d'avoir été une putain de gamelle de l'espace. Du genre dont on se souvient longtemps. Voire toute sa vie.

Je n'avais pas vu le sang qui trempait le bandage autour du genou. Il s'étendait comme une étoile parce qu'elle avait plié la jambe pour reposer Hurluberlu au sol. Elle a surpris mon regard effaré et tout est parti en vrille d'un seul coup. J'ai voulu m'approcher pour l'aider mais elle m'a repoussé, furieuse :

– Va te faire foutre, Julian. Ça ne te regarde pas, en fait. Ce ne sont pas tes affaires. Quand mon corps n'est pas en état de te procurer du plaisir, tu ne dois pas t'en préoccuper.

– Excuse-moi ? ai-je répondu, abasourdi.

– Ce ne sont pas tes affaires, je regrette. Ce n'est pas parce qu'Hanna et toi êtes séparés qu'on est ensemble, nous deux.

Je n'ai jamais bien compris cette expression, « mon sang n'a fait qu'un tour ». Ce soir-là, ma perplexité s'est trouvée éclairée d'un seul coup. J'ai littéralement éprouvé les mots mon-sang-n'a-fait-qu'un-tour.

Je suis parti.

Dix jours déjà. J'avais sombré dans une vie automatique où j'accomplissais les tâches de la première à la dernière importance avec la même concentration aiguë. Ce rythme précis mais sans remous apaisait impeccablement mon tourment. Parfois je revoyais sous mes paupières le bandage de son genou s'imbiber de sang, ou l'hématome sur sa pommette jaillissait dans ma tête alors que je préparais un café, interrompant aussitôt mon geste, foutant en l'air ma routine.

Quand elle était lointaine, presque floue dans mon esprit, je soufflais, l'indifférence m'allait comme un gant.

Quand elle surgissait de nulle part, comme si elle était véritablement là, devant moi, je devenais soudain très conscient que la façon dont nous nous étions quittés me blessait toujours.

Je lisais et relisais des pages de *L'Or*, presque halluciné par cette écriture à l'os qui disait pourtant toute la chair mise à vif par la vie cruelle. Elle me racontait un désespoir dense que trouait un risque sans mesure, le seul possible quand on a déjà brûlé tous ses vaisseaux.

Un soir où je n'avais envie de rien, j'ai passé la nuit avec une fille dont je ne me souviens même plus du prénom, entre le fracas de la musique et de l'alcool dans le garage, j'ai oublié. J'avais pris soin d'atteindre un degré d'ivresse avancé avant de m'approcher d'elle. Je l'avais embrassée presque distraitement. Je ne cherchais que quelques heures d'amnésie. Dans ma tête tournait en boucle «*Les inconnues que j'ai baisées en vitesse sur le pont des embarcations ou derrière une porte*[4]. » La sensation de sa main sur ma nuque m'a insupporté aussitôt. J'avais honte de partager si peu avec cette fille, j'avais honte qu'elle ne m'intéresse pas du tout.

– Ne me touche pas, ne me touche plus, avais-je envie de supplier aussitôt après avoir couché avec elle et pourtant j'ai su lui sourire, lui préparant un thé au petit matin, lui disant avec un certain détachement, une vilaine fatigue, ben en fait, on n'allait pas se revoir, non.

Tu fréquentes des plaisirs médiocres, Julian, me suis-je dit une fois l'inconnue partie, buvant un café, en contemplant la rivière, son gris tranquille et sans faste.

Puisque c'était ainsi, *L'Or* entre les mains, j'allais repartir en Californie, vers l'Ouest fascinant, tentant de semer le vide, l'ennui, les formes plus tristes d'une détresse monocorde, répétitive.

Je me suis servi un verre, encore un verre, un dernier verre, avant celui d'après sans doute. La nuit allait être longue, aussi longue que la précédente, sûrement autant que la suivante. Il me fallait cheminer pas à pas, m'appuyer à un mur caverneux dans le noir pour ne pas tomber, en attendant de trouver comment me sortir de là. Quelque chose en moi a su à ce moment précis, je me suis levé du fauteuil en posant le livre sur l'accoudoir. J'ai compris qu'en réalité, je l'attendais, et qu'elle était là.

– Entre, ai-je dit.

Elle est apparue sur le seuil, revêtue de ce putain

---

4 *L'Homme foudroyé*. Blaise Cendrars

de manteau bleu électrique qui collerait la migraine à n'importe qui, un peu claudicante, défaite, pâle.

Prenant mon verre sur la table, l'avalant d'une traite.

– Tu m'en offres un autre ?

– Fais-toi plaisir, la bouteille est juste devant toi.

Elle m'a jeté un regard un peu blessé, mais elle n'a rien dit et s'est resservie.

J'avais une folle envie de la prendre dans mes bras, de lui jeter à la figure toutes les injures possibles et inimaginables et de l'embrasser ensuite pour la consoler. Assise sur le lit, les mains posées sur les cuisses, elle m'a souri d'une façon lointaine. Elle était dans un endroit où je ne pouvais aller avec elle. J'ai attendu de longues secondes qu'elle parle enfin.

– Je roulais juste après le plateau, là où on emprunte la route en épingle pour reprendre vers Aigues. Après la descente, il y a un virage à gauche, avec une rampe de protection métallique parce que c'est quasi à flanc de montagne, même s'il y a des arbres plantés sur tout le versant. J'arrivais assez vite, c'est vrai, mais je connais cette route par cœur. Mes mains étaient bien posées sur le cintre, je ne faisais pas la conne en position casse-cou ou je ne sais quoi. J'étais bien penchée comme il faut, le genou ouvert dans le bon angle, l'impression de faire totalement corps avec ma machine, la visibilité était parfaite, il ne pleuvait pas ni rien. La route goudronnée de nouveau depuis peu. Ce temps magique, bleu froid radieux, mon Dieu, la vie était juste sublime.

Elle me regardait fixement, sans me voir vraiment. Mon visage était comme un écran sur lequel se déroulait à nouveau ce qui s'était passé.

– J'ai fermé les yeux dans le virage, un centième de seconde, ou moins même, sûrement, moins, je ne sais pas trop et j'ai valdingué de l'autre côté de la rampe. Putain, Julian, j'ai volontairement fermé les yeux, tu sais ?

– Viens là, ai-je murmuré.

Repoussant ses cheveux qui tombaient sur ses yeux brûlants, de nouveau happé par la proximité de ce corps qui me troublait tant, j'ai pris son visage entre mes mains.

– Pourquoi tu es venue ? ai-je chuchoté. Dis-moi, j'ai besoin de l'entendre.

– Il n'y a qu'à toi que je peux raconter ce qui s'est passé.

– Essaie encore.

– Ton jean pourri. Ton sourire fêlé. Ta présence hypnotique.

– Essaie encore une fois, une toute dernière fois, après je te laisse tranquille, on pourra même se quitter si c'est ce que tu veux.

Je l'ai sentie se crisper, puis comme si elle renonçait enfin à se battre contre elle-même, contre moi, contre la terre entière, elle s'est presque affaissée entre mes bras, je l'ai retenue comme j'ai pu.

– Je t'aime, a-t-elle enfin dit, c'est pour ça que je suis venue.

Sa bouche tremblait de sanglots quand je l'ai embrassée, j'avais l'impression que j'allais moi aussi valdinguer de l'autre côté de la rambarde.

Je ne sais pas bien comment c'est possible de s'aimer ainsi.

Si c'est une magie particulière qui ne supporte pas d'être dite, un monde parallèle qu'on scelle de silence.

Ça ne m'étonnerait pas que cette hypocrisie s'ajoute à toutes les autres déjà répertoriées.

Genre le secret le mieux gardé de l'univers pour que la Terre continue à tourner sans que ce soit trop le bordel dans les affaires courantes.

Malgré les plaies et les hématomes, que je contemple en prenant sur moi pour ne pas trop frémir, je sais pourtant que je ne vais pas lui faire mal.

Ce serait pareil pour elle si c'était moi qui étais allongé sur ce tapis, le corps marbré de rose et de violet.

Elle prend ma main pour m'attirer à elle, et c'est un genre de savoir inné que chacun a du corps de l'autre qui commence.

Une intuition surréaliste, une grâce sans religion, sans espoir en quoi que ce soit d'autre que toi et moi là maintenant tout de suite.

Je me dis que c'est comme de se retrouver au point géographique précis où le désir et la réalité se confondent et à chaque fois ne pas s'en remettre.

ROSIE

Le monde éphémère. 23

Je me suis arrêtée un instant avant d'entrer sur le magnifique plateau de bois et de métal – le café et ses boxes, le bar à champagne au centre – qui avançait presque telle une proue sur la voie ferrée où s'arrêtaient les Eurostar en provenance de Paris. Ils étaient assis l'un à côté de l'autre, ou plutôt elle lisait un magazine tandis que Julian, les bras croisés sur la poitrine, dormait, la tête sur son épaule.

Elle tournait la page avec précaution, presque au ralenti comme si elle craignait de le réveiller. J'ai retenu un sourire en voyant un cycliste qui levait les poings sur la une de sa revue. «Jamais, au grand jamais tu ne t'aventures sur le terrain du cyclisme, m'avait prévenue Julian. Dans le doute, tu n'émets aucun avis, voire tu n'en as pas. En fait, tu la fermes à ce sujet, ça vaut mieux, crois-moi.»

Patricia a bougé la tête comme si elle avait senti ma présence et j'ai dû me remettre en mouvement. Elle me regardait approcher avec des yeux gris étirés comme ceux d'un chat observant sans bouger. Un sourire hésitant m'a accueillie quand je me suis trouvée devant la grande fille rousse aux cheveux en désordre.

– Rosie, tu peux t'asseoir sans faire de bruit, s'il te plaît ?

Un peu surprise, j'ai hoché la tête en m'installant avec précaution face à elle.

– Julian a eu la migraine, dans le train, il est à la ramasse. Il s'est écroulé dès qu'on s'est assis ici. Je n'ose plus bouger.

J'avais oublié qu'elle prononçait son prénom à l'anglaise, et je me suis détendue soudain, comme si elle avait dit une chose magique, qui nous mettait tout de suite dans le même camp.

– Je suis au courant pour les migraines. Je suis désolée qu'il ait été malade. Bonjour Patricia.

– Oh pardon, bonjour Rosie, a-t-elle dit de sa voix très grave, un grand sourire illuminant son visage.

Elle a tendu la main vers moi mais son geste s'est suspendu au-dessus de la table. Elle a paru affreusement gênée de son impulsion et elle a ramené sa main vers elle, la posant un instant sur sa poitrine. Une grande marque rouge a marbré son cou du côté gauche avant qu'elle ne ramène ses longs cheveux pour la dissimuler.

– Je ne dois pas bouger si je ne veux pas réveiller Julian, a-t-elle répété en fermant les paupières très fort.

– Ça va aller, ai-je dit, déroutée.

Elle a ouvert les yeux en me regardant fixement :

– Comment tu sais que ça va aller ? Comment on sait ça, Rosie ?

J'étais décontenancée et charmée à la fois, et je

comprenais que c'était précisément ce que ressentait Julian : il était décontenancé et charmé en même temps. Elle n'arrivait pas du tout à composer, tous ses efforts étaient systématiquement vains, et cet échec la rendait singulière à ses yeux, j'en étais sûre maintenant.

Il m'avait appelée quelques semaines plus tôt. « Hey Rosie, j'ai envie de venir à Londres, avait-il dit. Je peux venir avec quelqu'un ? Je peux venir avec elle ? Putain, j'en ai marre d'être aussi con. Je peux venir avec Patricia ?

– Viens avec qui tu veux tant que tu viens, l'avais-je taquiné. Mais oui, viens avec Patricia. Je suis contente de te voir. Isaac a parlé de toi hier, il a dit : Demande à Julian de rappliquer, ça fait trop longtemps. *Shoreditch sucks without him**. »

Julian a remué, lissé ses paupières du bout des doigts, en un geste qui lui était familier, avant d'ouvrir des yeux égarés. Il avait une mine affreuse, mais un lent sourire a étiré sa bouche quand il s'est souvenu où il était, inexplicablement je me suis mise à sourire aussi.

– *Welcome back home.*

– Salut Rosie, a-t-il dit, la tête toujours sur son épaule. Je suis tellement content de te voir. La fille à côté de moi, qui a passé tout le voyage à regarder des vidéos de courses cyclistes – avec des mecs habillés de façon particulièrement ignoble au passage – s'appelle Patricia Rosset.

Elle lui a donné un petit coup de coude en marmonnant « La ferme, MacAffrey », et il a souri sans la regarder.

J'ai contemplé le garçon aux traits tirés et la jeune fille hautaine qui relevait pourtant avec une douceur infinie la nuque de son ami pour qu'il se redresse.

Qu'il ne vous arrive que de belles choses, ai-je songé sans savoir pourquoi.

Le téléphone de Julian a vibré et il s'est levé pour répondre, s'éloignant vers la rambarde qui donnait sur le quai, discutant en faisant quelques pas.

– Il ne va pas bien, n'est-ce pas ? La vague noire ?

– C'est plutôt une tempête en haute mer, a répondu Patricia avec franchise.

– Qu'est-ce que c'est ? ai-je demandé en montrant l'hématome sur sa joue.

– Le vestige d'une putain de gamelle de l'espace à vélo, a-t-elle dit en reculant sur la banquette, sourcils froncés. Ça ne fait plus mal du tout. C'est du passé.

Je n'ai pas su quoi dire, le silence était dense, mais pas gênant, il n'y avait rien de gênant dans sa présence. Julian est revenu s'asseoir, il m'a dit simplement :

– Hanna t'embrasse.

Patricia s'est mordillé les lèvres avant de murmurer : « Elle va me haïr pour l'éternité, n'est-ce pas ? »

– Quelques mois, laisse-lui quelques mois encore, a-t-il répondu en touchant brièvement sa main.

– Et l'affaire Félix ? a-t-elle demandé.

– Morte et enterrée, a dit Julian amusé.

Patricia avait l'air, quant à elle, très soulagée.

– *Champagne as usual ?* ai-je proposé.

– *Champagne as usual,* a approuvé Julian en s'étirant.

– C'est quoi cette histoire ? a dit Patricia d'un ton brusque.

Je lui ai expliqué la tradition qu'avait instaurée Ian il y a de nombreuses années. Quand nous nous retrouvions à St Pancras, on restait à la gare un long moment, comme intimidés par Londres, qu'on aimait tant, qu'on aimait trop. On discutait de tout et de rien en buvant une bouteille jusqu'à la dernière goutte. Peu importait si nous étions deux ou cinq, c'était toujours une bouteille entière, ni plus ni moins. J'avais l'impression qu'on gagnait du temps d'une façon tacite en faisant ça, gagner du temps sur quoi, je n'ai jamais su.

– Tu préfères un café, Patricia ?

– Non, a-t-elle dit gaiement, je veux me torcher avec vous à 9 heures du matin, comme le veut la tradition.

Ce n'était pas loin jusqu'à Old Street Station, à peine cinq minutes, mais je n'ai pu m'empêcher de les regarder de plus loin, comme je l'avais fait en arrivant à St Pancras. Patricia a attrapé Julian par le cou, plongeant ses yeux dans les siens, lui demandant très vite « ça va ? ». Il a hoché la tête, sa main étreignant une seconde à peine la sienne. Ils se sont écartés l'un de l'autre, comme si cet échange n'avait jamais eu lieu, comme si le temps reprenait sa continuité un instant suspendue. Julian et cette jeune fille avaient littéralement déserté le métro, l'univers, ou la réalité je ne sais pas, pendant un petit instant. Plus tard dans le week-end, j'ai vu se reproduire cette même chose dans un bar. Ils discutent avec Isaac et un de ses amis devant le comptoir, la main de Julian effleure son poignet, il se penche pour lui dire rapidement quelque chose, qui la fait sourire, elle ne le regarde même pas, lui non plus, le moment suspendu se dissipe aussitôt, ils ont déjà regagné la conversation, comme s'ils ne l'avaient jamais quittée.

C'était comme s'ils pouvaient se retirer à tout moment et sans aucun effort dans le même monde éphémère, momentané et périssable, un monde particulier qu'ils fabriquaient en très peu de temps puis qui disparaissait dès qu'il ne leur était plus nécessaire.

Shoreditch – Let's adore and endure each other*. 24

Nous avons retrouvé nos habitudes malicieuses assez vite, nous repérant aux graffitis plutôt qu'au nom des rues. Au début Patricia a semblé perdue, après j'ai pensé qu'elle nous trouvait agaçants, ou poseurs. Elle a montré du doigt LET'S ADORE AND ENDURE EACH OTHER et jouant notre petit jeu un peu ridicule, c'est vrai, a dit : « C'est près de celui-ci, du moins de cette version, que tu habites Rosie, n'est-ce pas ? »

Oui, et c'était selon moi celui qui disait le mieux ce qu'était cet endroit de Londres, ce qu'il avait pu être aussi, il racontait à la fois ses échecs, son immuable intention artistique, la beauté malgré tout d'être ensemble alors que l'argent affluait, start-up et bâtiments rénovés aussi. Comme partout ailleurs venaient travailler des gens qu'on avait envie de fuir. Juste en croisant leur regard impavide et leurs corps enfermés dans des habits aussi répétitifs que coûteux, on faisait ses valises dans sa tête. La majorité repartait heureusement en fin de journée, même si certains commençaient à fréquenter les nouveaux bars qui fleurissaient ici et là. Nous, on restait encore un peu car c'était ici qu'on avait grandi, survécu à quelques désillusions, et su être heureux aussi.

– *Let's adore and endure each other,* c'est bien plus qu'un graffiti, ou une adresse, a glissé Julian quand nous sommes entrés dans la maison quelques mètres plus loin.

Il s'est penché pour prendre le chat dans ses bras, déambulant dans le salon, l'air content.

– Salut Sommerset.

Patricia s'est appuyée contre le mur, elle a suivi Julian des yeux, j'ai presque ressenti son soulagement de le voir moins accablé.

– Alors ? a-t-elle dit avec un sourire. *Let's adore and endure each other,* c'est quoi l'histoire ?

– Isaac et moi nous sommes rencontrés devant ce graffiti un soir particulièrement horrible, quand des hooligans ont déboulé dans les rues à la fin d'un match de foot houleux – j'ai compris ça plus tard en écoutant la radio. Des types gorgés de bière, d'insultes racistes, les poings serrés de haine ont déferlé dans le quartier. Le père d'Isaac est anglais, sa mère caribéenne ; il s'était fait tabasser et chancelait le long du mur, pas loin de s'effondrer. Il n'avait pas supporté la bonne équipe de foot, visiblement. Je me suis approchée car son visage était en sang, il avait l'air bien sonné. Il a dit en me voyant « Oh j'ai vu trois enfoirés de fachos contre moi tout seul, et maintenant une connasse de rose anglaise » et il s'est évanoui. Je ne savais pas quoi faire, quand il est revenu à lui, je l'ai emmené à la maison. Des gens se pressaient pour rentrer chez eux, quelques personnes couraient, on entendait des cris aussi, le trajet si court pourtant me paraissait interminable. Isaac s'est sagement assis sur le canapé pendant que je nettoyais ses plaies. Il a voulu repartir après mais j'ai refusé, j'avais trop peur, ma voix tremblait, moi-même je tremblais de la tête aux pieds. Il m'a regardée l'air embêté, puis a dit : OK, arrête de flipper, je vais dormir sur ce canapé, d'accord ?... Au matin quand je me suis réveillée, je suis allée voir comment il allait. Il avait bien plié la couverture et les draps avant de filer. Pas un mot, pas un merci, rien, j'étais tellement furieuse.

– Isaac dans toute sa splendeur, sa carte de visite c'est la disparition, a ajouté Julian. Tu lui raconteras la suite cette après-midi, quand vous sortirez vous promener pendant que Sommerset et moi on fera une sieste légendaire pour que je me repose en paix avant de prendre le thé avec ma chère mère.

– Tu as rendez-vous avec Marianne ? ai-je demandé surprise.

– Oui, je l'ai appelée pour lui dire que j'étais à Londres. Elle m'a proposé qu'on se retrouve pour le thé dans un endroit ultra-chic où on va sans doute me demander mon passeport à l'entrée. On croit rêver. Je suis quand même content de la voir, entre deux scones à la cuisson parfaite et un Earl Grey dans une théière en argent. D'ailleurs à ce propos, on mange ? Si on mangeait un truc ? J'ai faim.

Nous nous sommes installés dans la cuisine, picorant des œufs brouillés et du bacon grillé dans un plat à poisson ébréché. On a savouré des biscottes nappées de confiture de cerises noires avec un bout de cheddar presque rance émietté du bout des doigts, qui picotait la langue. On buvait de la bière pour faire passer le goût désastreux de l'ensemble, et ensuite Julian a versé du thé brûlant dans des verres parce qu'on avait envie d'une chaleur réconfortante. On trempait des biscuits aux raisins secs dedans, ou on croquait des amandes pleines de sel qui crissait sous la dent, trouvées au fond d'un placard.

– Vous êtes dégueulasses, a dit Isaac en apparaissant dans l'embrasure de la porte. Moi qui m'échine de l'aube au crépuscule dans mon restau, je rentre chez moi et je vois ça, ce spectacle écœurant. Vous me dégoûtez.

Il s'est approché pour prendre le visage de Julian dans ses mains, avant de l'embrasser tendrement sur les deux joues.

– Fais voir ta figure. Trop d'alcool, pas assez de sommeil. Et trop longs ces cheveux, a dit Isaac en repoussant les mèches qui tombaient sur ses yeux, mais tu es magnifique quand même, a-t-il ajouté, posant un baiser sur son front.

– Tu as fini, oui ? a dit Julian, repoussant gentiment Isaac pour décapsuler une bière.

Je m'amusais de la réaction de Patricia qui jetait un regard incertain à ce grand type au comportement si affectueux avec Julian. Puis Isaac s'est penché vers Patricia qui le contemplait toujours, sourcils froncés.

– Je te regarde, Patricia, et Patricia, je crois que je veux savoir qui tu es.

– Je te regarde Isaac, et Isaac, je crois que moi aussi je veux savoir qui tu es, a-t-elle répondu sans se troubler.

Sommerset est monté sur la table, d'une démarche

élégante, il s'est avancé jusqu'au verre de bière qu'il a commencé à laper. Je l'ai pris dans mes bras malgré une protestation feutrée.

– Les chats ne boivent pas de bière sur cette planète. Pas même toi, Sommerset.

– Il faut qu'on lui présente Hurluberlu, il a l'air aussi dingue que lui, a murmuré Patricia.

– Qui est Hurluberlu ? a demandé Isaac.

– Un chat qui vient de l'espace, a expliqué Julian. Mais personne ne le sait sur terre. Pas même lui.

– Mais toi, oui ? a dit Patricia.

– Vu le temps que je passe dans ce jardin, j'ai pu étudier Hurluberlu avec une grande précision, alors, oui, un peu que je sais, a-t-il rétorqué d'un ton légèrement menaçant.

Elle a haussé les épaules avec dédain, elle avait l'air si furieuse que j'avais l'impression que même Sommerset riait en douce. Julian la regardait du coin de l'œil, un sourire flottant sur les lèvres, assez content de lui, visiblement.

– Alors ça c'est vraiment mesquin, Julian, tu sais ? a-t-elle explosé.

– Moi aussi, je t'aime, Patricia, a-t-il aussitôt rétorqué.

– Qu'est-ce qui se passe ? a questionné Isaac.

– Rien, ont-ils dit en même temps.

Isaac préparait une tartine qu'il a tendue à Patricia.

– C'était plus calme du temps d'Hanna, a-t-il déclaré exprès, d'une façon tranquille.

Elle a paru interloquée, puis elle s'est mise à sourire. J'ai eu l'impression que son cœur était moins lourd, grâce à Isaac qui prononçait le prénom d'Hanna sans qu'il pèse trois tonnes. Julian a secoué la tête comme s'il renonçait. Il a entortillé une mèche des cheveux de Patricia entre ses doigts, elle n'a pas protesté tout en se retranchant derrière son air hautain. L'orage était passé. La preuve, Sommerset me faisait les yeux doux, ses pupilles dorées semblaient fondre sur sa gueule.

– Sommerset, chat pourri gâté, oui, je te sers ton lait dans ta coupe de champagne, tout de suite, *your highness*.

Julian et Patricia se sont moqués de moi, évidemment. J'ai fait semblant d'être vexée, évidemment. Je n'avais plus envie de bouger. C'était comme si la vie prenait une photographie où je figurais pour une fois, je flottais moins sur le bord extérieur des choses. Isaac était penché vers le poste de radio, de l'autre côté de la pièce, près de la fenêtre. Julian observait avec intérêt Sommerset qui se désaltérait (peut-être même l'étudiait-il comme il étudiait Hurluberlu), Patricia le regardait, lui, d'une façon très troublée et très intense, et je pensais *dearest Patricia, ce doit être tellement facile et insupportable à la fois d'aimer quelqu'un comme Julian.* J'étais là où je voulais être, avec ceux qui me semblaient représenter le strict nécessaire pour avoir envie de continuer à vivre.

Isaac avait trouvé sa station de radio préférée qui diffusait la musique qu'il avait l'air de chercher.

– J'en étais sûr ! s'est-il écrié, je savais pourquoi il s'écriait comme ça, je lui ai souri, étonnée de n'être pas étonnée non plus.

C'était une chanson de Saint Etienne qu'il adorait, qui s'appelait *Lose that girl*, c'était notre chanson, elle ruisselait de soleil au cœur de l'hiver et nous consolait toujours de nos soirs difficiles, quand il jetait mon shit dans les toilettes et que je prenais mon manteau pour sortir au plus vite car j'avais peur de moi, de ce que j'étais capable de faire. J'écoutais cette chanson dès que je voulais parler à Isaac et que, pour une raison ou une autre, je ne pouvais pas le joindre, elle chassait mon inquiétude, le temps qu'on se trouve. Elle me rappelait qu'Isaac habitait ce monde.

Le lendemain soir de son agression, il était revenu, toquant à la porte avec du vin et un plat qu'il avait cuisiné car, avait-il précisé, « Je suis presque sûr que tu ne sais même pas cuire un œuf ». J'avais mis ce disque de Saint Etienne, et je m'étais aperçue qu'il connaissait cette chanson qu'il fredonnait en même temps, et je m'étais dit *Tiens, il n'a pas honte de chanter devant une inconnue, en plus il chante juste et ses épaules tanguent joliment, d'une façon qui donne presque envie de danser avec lui.* C'est pour me remercier, ce poulet si bon ? ai-je demandé alors qu'on mangeait cette chose succulente qui explosait sur les papilles. Non, a-t-il répondu, c'est normal de porter secours à quelqu'un qu'on a frappé dans la rue, le contraire serait ignoble, mais j'ai apporté ce dîner car j'avais envie de voir ce que ça me faisait de te revoir, même si hier matin je suis parti avant que tu te réveilles parce que tu ressembles trop à quelqu'un qui s'en fout de tout, je l'ai senti immédiatement, à la seconde où j'ai croisé tes yeux quand tu nettoyais mes blessures. Il s'est passé quoi pour que tu reviennes ce soir ? ai-je voulu savoir. Il s'est passé que cette après-midi, après le boulot, je suis allé prendre un café en face du restau, et je me suis dit *Zut, j'ai envie de revoir Rosie, la fille qui a l'air de se foutre de tout et qui, malgré ça, m'a quand même ramassé, accueilli l'autre soir, flippant complètement que je retourne dehors.* Je vois, ai-je dit parce que je ne savais pas bien comment réagir. Non, tu ne vois rien du tout, Rosie, a-t-il dit, tu es à moitié défoncée. Isaac, ai-je répondu un peu piquée parce qu'il avait raison, c'est un plaisir de faire ta connaissance, tu sais. Après le dîner, il avait marché le long de la bibliothèque et sa main touchait les livres sans s'arrêter sur un ouvrage en particulier, juste il promenait ses doigts sur le dos des livres en marchant le long de la bibliothèque, en m'observant comme si j'étais de la confiture de mûres ou un coquelicot qu'on froisse l'été, et j'avais pensé *On dirait qu'il a envie de rester, on dirait qu'il a envie de passer la nuit avec moi.*

Cette nuit-là, et la suivante et beaucoup d'autres dont l'évidence s'abîmait au petit matin parce qu'il était obsédé par l'idée de me quitter, de ne pas revenir me voir ni pour dîner ni pour l'amour ni pour rien en fait, à cause de mon air de m'en foutre de tout, il ne pensait qu'à me quitter, et je comprenais ça d'une certaine façon, qu'il veuille me quitter parce que je n'étais ni gentille ni aimable, je me contentais d'être au monde d'une façon imprécise et floue, je fuyais toujours, avec une constance inégalée et un sourire bien élevé – je n'arrivais à parler à personne d'autre qu'à Julian, en réalité. Le soir je roulais un joint ou deux, j'émiettais ma peur de vivre dedans, les minutes, les heures passant, je redevenais suffisamment indifférente pour regarder la vie et Isaac jouer sur le piano l'air de *Lose that Girl* de plus loin. J'attendais alors avec un stoïcisme moyenâgeux qu'il m'embrasse pour quitter la terre et oublier à quel point je suis terrifiée tout le temps. Il répétait: Rosie, tu ne sors jamais de ton monde intérieur, comment je fais, moi, pour vivre avec toi, tu m'expliques?, mais je continuais quand même sur ma lancée, je faisais la sourde oreille et aucun effort pour que les choses s'arrangent avec Isaac. À la place, je fumais encore plus parce que ça devenait bien difficile de le voir s'avancer alors que mon dos ne se trouvait plus très loin du mur. Un dimanche matin très tôt, il cuisine, pour que j'arrête de manger n'importe quoi, je l'ai vu tout de suite en faisant couler un café, il en a marre, vraiment marre, il est parti bosser après avoir rangé des tas de barquettes en aluminium dans le congélateur, j'ai contemplé la tasse de café que je lui avais préparée, à laquelle il n'avait pas touché, et j'ai su qu'il ne reviendrait pas.

Six mois plus tard, après qu'Isaac avait jeté l'éponge et moi avec, on est allés dans un nouveau restaurant que Julian avait remarqué dans un coin pourri que nous aimions, un coin où c'était encore un peu Shoreditch. À la fin de la soirée, Isaac est venu s'asseoir avec nous, c'était lui le chef du nouveau restaurant. Julian ne m'avait pas dit qu'il l'avait rencontré dans un pub un soir très tard, Isaac avait demandé, après avoir bu quelques bières pour se donner du courage, ton amie, Rosie, elle est avec quelqu'un maintenant? Non, avait répondu Julian, elle n'est avec personne, elle traduit toujours des livres pour enfants, elle chante dans un ensemble baroque et elle fume des joints, ce qui est nul pour la voix quand on chante dans un ensemble baroque, mais toujours est-il qu'elle fume le soir en lisant des poèmes parce que comme ça l'existence lui soulève moins le cœur, elle m'a aussi dit, tu sais Julian,

Isaac, c'est la gentillesse qui manque à ma vie, c'est pour ça que je t'ai cherché dans les pubs de Shoreditch, et maintenant que je t'ai retrouvé je te répète cette phrase de Rosie à ton sujet, d'accord, avait dit Isaac, c'est une belle phrase, c'est vrai, surtout venant de Rosie qui ne fait pas dans la dentelle malgré son air de rose anglaise, mais ça ne change rien, je ne veux pas être avec cette fille qui va me détruire, je le sais, tôt ou tard elle fera ça, c'est dans ses yeux, venez manger un soir, on va voir si la méfiance qu'elle m'inspire s'en est un peu allée, et on a discuté avec lui du délicieux plat que nous avions mangé, le fameux soir où on est venus manger dans son restau. Isaac a expliqué qu'il avait inventé ce plat qui était les Caraïbes + l'Angleterre, le piquant du soleil + le temps gris souris de Shoreditch, et les gouttes de pluie qui mouillaient tous les graffitis, il les avait mises dans son plat, voilà, est-ce que c'est bon ? On a dit Oh que oui, c'est délicieux, Isaac, de sentir sa gorge brûler alors qu'il pleut à verse dehors, et cette pluie a sûrement un goût fade, mais si d'aventure on ouvrait la bouche pour en avaler, elle adoucirait ce piment qu'on se flanque sur la langue pour oublier toutes les choses qu'on garde enterrées en soi. Isaac me regardait à peine, et ça faisait battre mon cœur d'une façon électrique cette indifférence, je me disais *Il n'en a pas rien à foutre de moi puisqu'il fait à ce point exprès de ne pas me regarder.* Julian nous a laissés pour retrouver de vieux copains de Shoreditch ailleurs dans le quartier – peut-être était-ce vrai, je ne lui ai jamais demandé mais je crois que c'était vraiment vrai – et même si j'éprouvais une petite frousse, je suis restée boire un dernier verre avec Isaac. Je voulais toucher sa bouche et ses paupières, et ses épaules aussi, j'avais envie de les toucher. Après qu'il a baissé la grille de son restau, on est allés dans un pub près de chez moi pour un deuxième dernier verre, et Isaac a dit au bout d'un moment, bon d'accord, je renonce à te quitter sans arrêt, Rosie.

– Mais oui, ai-je répondu, tu vas être tout le temps épuisé si tu fais ça, c'est une fatigue inutile et vaine.

– Tu vas arrêter de fumer du shit le soir ?

– Non, mais je veux bien essayer de fumer moins.

– Tu vas arrêter de mettre de la codéine dans ton champagne ?

– N'importe quoi.

– Je t'ai vue le faire.

– Alors tu ne me verras plus le faire.

– Tu vas coucher avec d'autres types ?

– Même si je n'ai pas envie de coucher avec d'autres types que toi, je ne veux rien promettre, par principe.

– C'est qui Julian pour toi ?

– C'est mon double. Je suis lui. Il est moi.

– Tu as couché avec lui ?

– Tu m'imagines une vie beaucoup plus agitée qu'elle ne l'est en réalité.

– Tu n'as pas répondu à ma question.

– On s'est embrassés une fois, on était un peu bourrés. Je ne recommencerai plus jamais, j'avais l'impression de m'embrasser moi-même. J'ai tellement flippé, et je sais que Julian aussi.

– Ça me va ton honnêteté, même si le reste ne me va pas du tout, c'est que des réponses de merde de quelqu'un qui s'en fout à peu près de tout.

– Arrête d'être en colère contre moi. S'il te plaît.

– C'est vrai, Rosie, dès que je te vois, je suis en colère.

Tu as la gueule d'un très beau gâchis et c'est difficile à supporter quand on craque pour toi, tu sais ?

– Alors ne craque pas pour moi. Est-ce que tu reviens, Isaac ?

– J'en ai très envie.

– Est-ce que tu veux bien vivre avec moi aussi, même si on sait tous les deux à quel point je suis nulle pour ça ?

– Je vais essayer, mais je ne m'engage à rien.

– Ça veut dire que tu peux t'en aller à tout moment ?

– Oui, Rosie, ça veut dire ça.

– OK, Isaac, *we have a deal. Let's adore and endure each other.*

Il a ri, je me suis dit *Je n'ai jamais entendu son rire retentir de façon aussi étincelante, aussi radieuse.* J'étais flattée parce que j'espérais de toutes mes forces que c'était à cause de moi qu'il riait comme ça, parce que ce soir-là, il croit un tout petit peu en la désastreuse personne que je suis.

Je lui dis : j'adore que tu chantes *Lose that Girl* sur plein de tempos différents, on n'a qu'à essayer d'être ensemble, ça vaut la peine, tu sais, que je t'entende chanter *Lose that Girl* sur des tas de tempos différents en jouant sur mon piano qui ne connaît que des cantates à la con.

Il répond : Je ne sais pas trop si ça en vaut la peine parce que quand je te regarde, Rosie, je me sens complètement écrabouillé, j'ai envie de partir en courant et à la fois j'ai envie de faire un enfant avec toi.

Je suis revenue dans la pièce car je sentais le regard brûlant d'Isaac sur moi, deux ans d'or pur avaient défilé dans ma tête avec une intensité qui me broyait les tempes.

– *Cheers to that, Rosie,* a dit Isaac doucement.

– *Cheers to you, Isaac,* ai-je dit la gorge nouée par l'amour que je ressentais pour lui.

J'étais si contente qu'il ait renoncé à me quitter sans arrêt, et je voulais le lui dire tout de suite mais je ne pouvais pas parce que nous n'étions pas seuls, je voulais ajouter aussi *Je n'ai pas couché une fois avec un autre type que toi, tu sais ça, Isaac?* et *ouste la codéine dans le champagne tu as vu aussi, n'est-ce pas?* mais cela aurait été pathétique de se justifier, alors ferme ta gueule, un peu de dignité, Rosie – de toute façon tout ça il le savait très bien, alors ça n'avait aucune foutue importance que je le dise en fait.

Nous étions perdus dans nos obsessions tous les quatre, en étant aussi captivés par Sommerset au centre de la table qui buvait son lait dans l'ex-coupe de champagne à codéine, celle en cristal si joliment ouvragée de fleurs froides, frêles et tombantes qui ressemblait à mon passé. Il fallait que quelque chose ou quelqu'un rompe ce charme qui menaçait de nous engloutir. *Julian,* ai-je pensé en le convoquant dans notre royaume psychique, *sors-nous de là, s'il te plaît, il faut que nos esprits arrêtent de valser comme ça, de cette façon enchanteresse qui annule le monde extérieur dans nos têtes. Il faut revenir stables, sur terre, au grand jour.*

– J'adore vivre ici, dans cette maison mal chauffée où tout le monde, même le chat, semble intégralement siphonné, a soudain dit Julian, tout en se brûlant les doigts sur le verre trop chaud. Aïe!

– Tu es la preuve vivante de l'échec heureux de la

société victorienne et du thatchérisme conjugués. Boire du thé dans un verre à eau en se brûlant les doigts, c'est tellement con et tellement progressiste à la fois, s'est esclaffé Isaac. Bon, je te coupe les cheveux ou quoi ? Pour t'aider à y voir plus clair ?

– Dans tes rêves, Isaac.

Patricia est sortie de son immobilité au son de la voix de Julian, elle l'a contemplé avec un air presque assoupi, demandant « Tu as parlé d'un rêve ? Quel rêve, Julian ? ».

Cet endroit de la nuit. 25

En attendant l'heure du thé avec Marianne, « ma si rare mère », comme il l'appelait avec une petite ironie de façade car j'avais l'impression qu'il était content de la voir, Julian dormait sur le canapé, Sommerset pelotonné au creux de son cou.

– Le garçon qui était aimé des chats, a dit Patricia, qui avait du mal à s'arracher à la contemplation du visage abandonné de Julian, à la fragilité de ses traits au repos.

Je lui ai proposé de sortir faire un tour, ce que j'avais vu d'elle m'ayant suffisamment plu pour avoir envie de mieux la connaître. Une promenade, toutes les deux, ça te plairait ? Oui, d'accord, Rosie, allons-y.

– Je voudrais voir des arbres, on peut aller voir des arbres ? a demandé Patricia avec un air troublé alors que nous nous habillions pour sortir.

– Regarde autour de toi dans une dizaine de secondes. Il y a beaucoup de très vieux arbres à Londres, tu sais. Bien plus qu'à Paris, par exemple, ai-je dit en ouvrant la porte.

– Je ne suis pas une créature des villes, je connais mal Paris, et Londres encore moins, s'est-elle excusée de cette voix rocailleuse qui détonnait avec ses longs cheveux roux, sa peau laiteuse, son air de fille tout juste débarquée de la Renaissance.

– Tu es pardonnée. Moi j'ai l'impression de me vider de mon sang au bout de deux jours à Sévigny. Et je ne te parle pas de l'effet de l'air pur de vos montagnes sur ma psyché cabossée.

– Tu sais, Rosie, même si je ne connais pas cette ville, je me sens tellement bien ici, j'ai l'impression d'être chez moi. C'est comme une évidence.

– Un genre d'évidence comme Julian et toi alors, ai-je dit, en me maudissant aussitôt.

Elle a souri sans me regarder, enfonçant les mains dans les poches de son blouson, marchant d'un pas bien plus vif que le mien. J'étais frappée car Julian faisait exactement la même chose. Ils établissaient une complicité psychique qui se passait de contact visuel. En se fichant éperdument de s'assurer que l'autre suivait bien le cheminement de leur pensée, ou s'accordait à leur allure dans la rue. Je me sentais en colère qu'ils fassent si peu attention à ce genre de détails, car la possibilité de souffrir et de faire souffrir se trouvait à cet endroit précis qu'ils dédaignaient. Il y avait cette irréductible part de solitude dans leur façon de vivre et de marcher. Je souris dans le vide, je plonge mes mains dans les poches de mon jean ou de mon blouson, et j'avance nez au vent, seul au monde parce que c'est tout ce que je sais faire, advienne que pourra et *good luck*, vous autres.

Je lui ai montré le graffiti préféré de Julian sur

Fournier Street, qui disait en lettres blanches sur fond noir BELIEVE IN THE HAPPILY FUCKING EVER AFTER.

– C'est aussi celui qui met Isaac hors de lui car il trouve que c'est complètement idiot et vulgaire. Même si je me demande si Julian ne le fait pas exprès pour ennuyer Isa...

Je me suis immobilisée, le cœur fondu, quand j'ai vu qu'elle pleurait.

– Viens, ai-je dit, changement de programme, on va aller par ici.

Je l'ai emmenée au Nomadic Community Gardens, les jardins communautaires cachés entre les deux lignes de chemin de fer. Ici aussi c'est encore le Shoreditch que j'aime. On y trouvait un peu de tout, la possibilité de fumer en liberté, de planter des fleurs et de cueillir de l'estragon, se donner rendez-vous à la buvette pour boire des bières ou des cafés, fouiller dans le bac à recyclage pour s'enchanter de choses inutiles. Il y a toujours quelque chose à faire, quelqu'un à saluer, un coup de main à donner. Il y fait surtout bon oublier qui on est.

On s'est assises sur un banc, j'ai attendu qu'elle sèche ses larmes. Sa bouche tremblait encore et elle faisait de gros efforts pour ne pas se remettre à pleurer, comme font les enfants humiliés et déçus d'avoir cédé au chagrin. Je n'ai pas bougé, la consoler semblait la dernière chose à faire avec elle.

– J'ai l'impression que ma vie commence et s'arrête avec lui, à chaque seconde de mon existence, que je sois en train de l'embrasser ou de marcher à côté de lui, même quand on dort, je me réveille soudain, je le regarde, et je me dis *Putain Patricia tu vas faire comment avec cette sensation permanente que ta vie commence et s'arrête avec lui?* Il n'y a pas de passé, pas d'avenir, qu'un intense présent, qui m'électrise le cerveau et le corps tout le temps. Je ne sais pas comment ça peut durer, ce truc incandescent avec Julian.

– C'est très simple en fait, Patricia, ai-je ajouté en effleurant son épaule, il ne sait vivre qu'au présent et de façon incandescente. Ne te raconte pas qu'il y a une possibilité de faire autrement avec quelqu'un comme Julian. Ou alors tu mets fin à l'incandescence.

– Plutôt crever, a-t-elle rétorqué avant de sourire elle-même à la vivacité de sa réaction.

Elle a hoché la tête, les joues toutes pâles:

– C'est une divine surprise dans ma vie, Julian, je n'en suis toujours pas revenue. J'ai l'impression aussi… Tu vois, en fait, Rosie… Ce que je crois…

– Oui, quoi, Patricia? ai-je dit car elle s'empêtrait jusqu'à l'agacement dans ses propres pensées, son cou prenant feu avec une rapidité et une violence stupéfiantes.

– Ben en fait… Il peut avoir toutes les filles qu'il veut, Julian. Pourquoi moi?

– Demande-lui, ai-je rétorqué amusée, avant de me rendre compte qu'elle n'avait pas calculé son propos, ainsi même que Julian me l'avait déjà confié à son sujet.

– Je ne crois pas que ce soit un paramètre très important dans sa vie d'empiler les conquêtes, me suis-je reprise, et j'ai ajouté d'une voix que j'espérais la plus douce possible: on en revient à l'endroit où on était.

– Quel endroit?

– L'endroit de la nuit où tu le regardes et où tu te dis *Voilà le mec qui me fait éprouver à chaque seconde de mon existence que ma vie commence et s'arrête avec lui.* Je te souhaite de te réveiller toutes les nuits en pensant des choses dangereuses comme celles-là.

Son téléphone a vibré dans sa poche et elle a consulté le message qu'elle venait de recevoir.

– C'est Julian. Marianne n'est pas venue au rendez-vous. Elle a appelé une heure après pour expliquer qu'elle avait eu un imprévu, qu'elle était désolée. Je lui propose qu'on le rejoigne chez toi, d'accord ?

– Oui, dis-lui qu'on arrive.

Elle se mordillait les lèvres tout en tapant son message.

– C'est son fils, a-t-elle murmuré. Elle l'a pas vu depuis trois mois, si ce n'est plus.

– Marianne, c'est plein de choses charmantes et surprenantes mais ce n'est pas une gentille personne, ni une mère, ça, non. En tout cas, ce n'est pas ce qui la définit.

– Elle refuse tout net que ça la définisse même un tout petit peu, on dirait. Elle est incapable de passer une heure avec Julian qui se trouve dans la même ville qu'elle, c'est possible un truc pareil ?

– Il y est habitué. Il a vingt ans, ce n'est plus un enfant.

– Ah ouais. On s'y habitue, tu crois ?

– Non. Bien sûr que non.

J'ai sorti un joint de mon sac – je l'ai allumé en aspirant rapidement quelques bouffées salvatrices, contrevenant ainsi à ma propre règle de ne jamais fumer dans la journée.

– Tu veux ?

– Non, merci. En revanche, j'aimerais bien retrouver

Julian, parce que là maintenant tout de suite c'est ça qui me définit.

– On est parties, ai-je dit souriant malgré moi.

Encore une taffe, deux, trois, quatre, allez, une toute dernière, me suis-je dit avant d'éteindre le joint entre mes doigts pour avoir un tout petit peu mal.

Quand on est arrivées, Julian et Isaac étaient assis sur le tapis devant la cheminée où crépitait un beau feu.

– On n'a plus de chauffage, a annoncé Isaac. Mais on a de quoi se réchauffer.

Une bouteille de vin bien entamée et des verres étaient posés sur un plateau en bois entre eux. Julian avait l'air ailleurs, ses paupières étaient rougies et j'étais bouleversée qu'il ait pu pleurer.

Connasse, ai-je pensé en songeant à Marianne, à ce monstre d'égoïsme qu'elle était.

– Un jour on va vendre cette maison et aller vivre dans un appartement où le chauffage n'est pas en panne trois fois de suite dans le même hiver, j'en ai assez, me suis-je emportée.

– On en aura jamais assez de vivre ici, tu sais bien qu'on adore cette maison, a rétorqué Isaac. Redescends sur terre, Rosie, ou devrais-je dire redescends tout court ?

Julian a haussé les sourcils en articulant en silence *Ben oui, ça se voit que tu planes. La ferme, Julian,* ai-je répondu sur le même mode.

– Goûtez-moi cet excellent vin, a proposé Isaac grand prince.

Il m'a tendu un verre, en a rempli un pour Patricia. Elle l'a bu à petites gorgées, en restant debout, puis soudain, elle a fermé les yeux et l'a avalé d'une traite. J'ai pensé qu'elle allait se faire engueuler par Isaac, mais il n'a rien dit, alors qu'il avait très bien vu qu'elle avait englouti son excellent vin d'un seul coup.

– Je me suis fait remplacer au restau ce soir, j'avais envie de rester avec vous, a-t-il déclaré sans faire semblant d'être gai. Je vais vous faire à manger pour que ce ne soit pas un festival de n'importe quoi comme hier. Tout doit s'organiser en beauté et avec un minimum de goût, même le désespoir, matelots.

Il restait avec nous sans doute parce qu'il avait parlé avec Julian avant que nous arrivions, que la conversation avait dû se dérouler dans une atmosphère de verre brisé. Isaac détestait Marianne, qui le lui rendait bien, même s'il faisait toujours attention devant Julian de ne rien dire de blessant à son sujet.

J'étais réchauffée par le vin, et parce que Isaac serait là toute la soirée, on allait sortir les chauffages d'appoint, les bouillottes et les grosses chaussettes, on allait peut-être finir par se faire une belle vie et rigoler un peu quand même. J'avais envie de dire à Julian de piétiner la déception de n'avoir pas vu Marianne, qu'il nous avait nous, et une panoplie de bouillottes. J'avais vraiment envie de dire un truc complètement con comme ça mais j'ai heureusement renoncé, croisant le regard d'Isaac, qui disait *Écoute Rosie, essaie d'éviter de dire un truc complètement con que tu vas de toute façon regretter d'avoir dit dans cinq secondes, d'accord ?*

Patricia a enfin retiré son blouson, elle s'est agenouillée derrière Julian, l'enlaçant avec une douceur qui m'a fait frissonner parce que justement elle était tout sauf douce. Elle a posé sa joue contre la sienne, un air farouche sur son visage devenu tout de marbre. À part ses yeux gris, rien ne tremblait dans ses traits qu'elle avait rendus solides pour qu'il puisse s'appuyer sur quelque chose. Julian a paru d'abord surpris par son geste, puis il a penché la tête en arrière.

Il a murmuré quelque chose que je n'ai pas voulu écouter, mais il m'a semblé entendre dans un petit coin caché de sa voix traînante l'immense soulagement de se sentir en sécurité.

La mélancolie de la fin d'après-midi se dissipait petit à petit, presque goutte à goutte. Patricia et Isaac surtout, faisaient tout pour paraître enjoués et heureux en espérant que leur bonne humeur perce la mélancolie de Julian. Ils n'étaient pas loin d'y arriver, j'étais admirative de leur générosité. On a sonné vers 20 heures, je me suis levée pour ouvrir la porte.

– Le chauffagiste, on est sauvés, s'est réjoui Isaac.

On n'était pas sauvés du tout. C'était Marianne qui s'est avancée dans la pièce, resplendissante malgré ses cheveux mouillés et son imper trempé par la pluie. Une grande femme brune aux yeux clairs, aux cheveux d'un noir presque bleuté, encadrant l'ovale de son visage, sûre de l'effet qu'elle provoque en entrant dans une pièce. Malgré toute l'antipathie qu'elle m'inspirait depuis quelques heures, je pouvais difficilement ne pas admettre sa beauté. Elle diffusait une présence hypnotique, comme celle de Julian, d'une certaine façon. Sauf que le charme chez elle semblait pesé, calculé, presque volontaire.

– Tiens, une apparition tardive, a ironisé Isaac en croisant les bras.

– Bonsoir aussi, Isaac. Qu'est-ce qui se passe ici ? Vous en faites une tête ! J'avais une minute, je suis passée t'embrasser, Jul. Je ne peux pas rester longtemps.

– *Unbelievable,* a marmonné Julian.

– Qui est-ce ? a-t-elle dit en regardant Patricia avec curiosité. Tu ne me présentes pas ton amie ? Où est la délicieuse et sublime Hanna ?

Julian a doucement dégagé la main de Patricia qui s'était posée sur son cou à l'entrée de Marianne. Il s'est levé, avec un sourire dangereux, je le connaissais bien ce sourire, je le connaissais par cœur, j'avais le même quand je voulais faire du mal à quelqu'un.

– Julian, n'ai-je pu m'empêcher de dire tandis que mon cœur s'emballait.

Il a pris Marianne par le bras tandis qu'elle lui jetait un coup d'œil étonné.

– Jul ?

Il la ramenait vers l'entrée de la maison, d'un pas lent et sûr, même si elle essayait de résister.

– *It's raining hard outside. Look at your hair. Don't catch your death, eh*,* a-t-il dit d'une voix douce.

Elle a essayé de se dégager une nouvelle fois mais il l'a fermement prise par la taille, posant un instant sa joue contre la sienne.

– *Don't be afraid, Marianne. Everything will be all right,* a-t-il ajouté avec ce sourire vénéneux qui se diffusait comme un éther, de sa bouche à ses yeux.

Elle ne comprenait pas bien ce qui était en train de se passer, je crois, ou elle avait un peu peur peut-être.

Il s'est penché pour l'embrasser sur la tempe, la serrant une nouvelle fois contre lui, puis il l'a lâchée d'un coup, elle a presque perdu l'équilibre, il n'a pas bougé pour l'aider, il a juste dit en ouvrant grand la porte :

– *Get the fuck out of my life, Marianne. Now.*

Flipper avec toi. 26

Une fois la porte refermée sur Marianne, nous sommes restés pétrifiés par ce que nous venions de voir. Julian, dont le visage était fermé à triple tour, s'est avancé vers la cheminée, il s'est penché pour prendre la bouteille de vin sur le tapis en disant :

– Je prends ça, si tu permets, Isaac. J'ai besoin d'une heure ou deux, vous m'excusez ?

Et il est parti dans la chambre juste en face du salon, là où Patricia et lui étaient installés.

– Il faut aller le voir quand même, non ? Qui y va ? ai-je demandé encore sonnée.

– Toi, ont dit Isaac et Patricia à l'unisson.

Je suis entrée après avoir frappé légèrement à la porte, Julian se tenait devant la fenêtre, il regardait dehors en buvant à même la bouteille. Je détestais ça, le voir boire à bouteille. Ce n'était en général pas bon signe, il allait consacrer les heures à venir à s'enivrer et rien ni personne ne l'en empêcherait.

– Rosie, a-t-il dit sans se retourner. Tu viens me

sauver de moi-même? Comme d'habitude, comme toujours. Mais tu tombes mal, j'ai besoin d'être seul. Va-t'en.

– Je vais rester un peu, ai-je répondu en n'aimant pas du tout la méchanceté dans sa voix.

– On peut fumer alors? Tu as un joint? J'ai envie de fumer.

– Tu n'as aucune envie de fumer et moi je fume seule donc en fait c'est raté, cette histoire de fumer.

Viens t'asseoir avec moi. Flippons ensemble.

– Pourquoi je ne peux jamais rien te refuser? J'aimerais bien t'envoyer sur les roses, Rosie. Juste une fois, pour voir.

– N'essaie même pas. Tu en souffrirais plus que moi.

– C'est bien possible, en effet, j'abandonne donc cette distraction. Dommage. Que puis-je faire pour te rendre heureuse? a-t-il dit avec un sourire en coin détestable.

– Rends-toi utile plutôt. Déplie cette couverture, il commence à faire vraiment froid.

On s'est calés l'un en face de l'autre, dans le coin près de la fenêtre, avec les coussins dans le dos et la couverture rouge étendue sur nous, regardant la pluie dehors, nous passant la bouteille même si moi j'y trempais à peine les lèvres. Quelques frissons me traversaient de part en part, je me demandais si c'était à cause du froid qui commençait à s'installer dans la maison ou si c'était l'effet que me faisait cette incertaine soirée.

Les secondes tombaient comme les grosses gouttes de pluie dehors, métronomiques, régulières, sans autre raison d'être qu'elles-mêmes.

– Julian, tu sais ce que je viens de découvrir ? Là tout juste à l'instant ?

– Vas-y, dis-moi.

– Je n'aime pas me sentir seule quand je suis avec toi.

Il a souri, me regardant enfin avec les yeux que j'aimais, ajoutant :

– Tu es si gentille. Si quelqu'un qu'on connaît bien tous les deux n'avait pas déjà prononcé cette phrase, je te dirais, Rosie, tu es la gentillesse qui manquait à ma vie. Même si tu as les pieds très froids.

– Réchauffe-moi.

– Allumeuse.

– Toujours, avec toi.

– C'est bon, tu as gagné. Donne-moi tes pieds.

Bien joué Rosie, ai-je pensé assez contente, *pieds en passe d'être réchauffés + visage fermé à triple tour qui va peut-être s'ouvrir un peu.*

– Ça m'insupporte que ma vie manque à ce point de légèreté, a-t-il dit, elle est tout le temps difficile. Il n'y a jamais de pause, jamais un instant où je peux me reposer. C'est ça qui me tue. De n'avoir jamais de repos. Je me sens de plus en plus épuisé.

– Tu sais très bien ce que j'en pense. Tu dois voir un médecin pour les migraines et le reste.

– *No way.*

– Qu'est ce qui s'est passé tout à l'heure ? Avec Marianne ?

– Je ne sais pas trop. En fait, j'ai senti un sourire particulier qui montait, qui venait de très loin en moi, je n'avais pas peur, je n'avais pas de délicatesse, pas de sentiments ni de prévenance, je me laissais simplement porter par ce sourire, très archaïque, très froid, très glacé, avec quelque chose de métallique sur la langue. Il s'agissait juste d'être cruel, c'était tellement facile.

C'était précisément ce qu'il décrivait, il s'agissait de se laisser porter, de faire mal sans se poser de question et sans rien éprouver d'autre que cette sensation d'être en train de faire du mal.

– Et toi, c'était avec Isaac, n'est-ce pas ? a-t-il demandé parce que comme toujours il avait deviné mes pensées.

– Il avait jeté ma réserve de shit et quand je m'en suis aperçue, je n'ai pas eu de colère ni envie de hurler. Juste une chose glacée est montée de ma poitrine jusqu'à ma bouche, elle avait un goût de rouille, j'ai prononcé des mots horribles sans ciller, sans éprouver aucune émotion, ou ça ressemblait à de la haine pure, je ne sais pas. Depuis, quand ça me prend, je fiche le camp une heure ou deux. Je n'aurais pas assez d'une vie pour me faire pardonner ce que j'ai pu lui dire ce soir-là.

– Pourquoi ? On est un jour pardonnés de faire des trucs comme ça ?

– Par des personnes comme Isaac ou Patricia, oui, très certainement. Marianne, elle, ne te pardonnera pas, ou du moins pas de sitôt.

– Je sais. Je ne suis pas sûr d'en avoir envie de toute façon. J'en ai assez rien à foutre, en fait.

– Tu es sûr de ça ?

– Oui. Maintenant oui.

Les nuages ont quitté ses yeux et un sourire inédit a éclairé son visage.

– Tu l'aimes bien, Patricia, n'est-ce pas ?

– Oui. Vraiment.

– Moi aussi, je l'aime infiniment, a-t-il dit.

Les traits de son visage se détendaient alors qu'il redevenait Julian, que des images de la fille qu'il aimait infiniment repeuplaient peu à peu l'endroit où il s'était senti si seul avec cette haine glacée venue de très loin. *Quel soulagement,* ai-je pensé les pieds au chaud, *quelle chance, ce sourire inédit apparu grâce à la fille qu'il aime infiniment.*

27. Qui crève à la peine…

Je n'arrivais pas à dormir et n'arrivant pas à dormir, j'avais peur de réveiller Isaac. Comme souvent dans ces cas-là, je suis allée me planquer dans mon refuge, ce petit coin près de la fenêtre avec la couverture rouge et les coussins où j'avais l'habitude de fumer, de lire, de répondre au téléphone à Julian quand il n'allait pas bien. Celui-là même où nous avions parlé en fin d'après-midi.

Pendant que je roulais un joint, à la seule lumière de la lampe jaune, Sommerset est venu s'installer près de moi.

– Hé toi, Sommerset le chat, il ne faut pas que tu restes là. Je n'ai pas très envie que tu respires ces effluves. En plus, il est 3 heures. Ce n'est pas une heure décente, même pour toi.

Il s'en est allé après m'avoir jeté un regard blessé. J'ai aspiré une longue bouffée, laissant mes pensées rôder où elles voulaient, fureter dans des coins de la journée dont la remémoration fragmentée me remontrait un détail oublié, ou une perception à laquelle je n'avais pas trouvé de sens plus tôt.

– Oh mince, tu m'as flanqué la trouille, ai-je dit à la silhouette devant la porte. Tu n'arrives pas à dormir ?

J'ai compris en voyant ses yeux fiévreux et ses cheveux mouillés de sueur.

– Je ne veux pas réveiller Patricia. Ce n'est pas la grosse marée ni une immense vague noire mais je suis en train de flipper.

– On est de bonnes personnes tous les deux. On ne veut pas réveiller ceux qu'on aime. Ça compte, non ? Ce n'est pas un peu une rédemption, ça ?

– Oui pourquoi pas ? Sauf que je vois pas bien en quoi on a péché.

J'ai jeté les coussins sur le canapé jaune de l'autre côté de la pièce.

– On va faire comme d'habitude. Enfin presque. Tu vas dormir ici. Je te tiens compagnie.

– Non mais Rosie, je ne veux pas te...

– Tu ne me déranges pas, je suis en train de fumer comme une conne, je ne fais rien d'intéressant, j'en ai bien peur.

– Tu sais ce qui me fait peur à moi ? C'est que c'est de moins en moins espacé. J'ai l'impression que les vagues s'accentuent, qu'elles montent plus haut, même si ce n'est pas le cas ce soir.

– Julian, je sais que tu ne veux rien entendre, mais va au moins voir un médecin si ça empire. Juste pour expliquer, décrire. Après tu verr...

– Non.

– Mais quel entêté tu fais !

Je lui ai jeté la couverture rouge à la figure.

– Arrête, Rosie.

– Non, on va en reparler, il faut qu'on en reparle.

– Pas ce soir. Cette journée m'a rincé. S'il te plaît.

Une fois de plus je me suis inclinée. Mon impuissance me faisait venir des larmes de rage aux yeux.

– J'en ai vraiment marre de toi, tu sais, Julian.

– Et moi si tu savais à quel point j'en ai marre de moi.

– Qu'est-ce qu'on va faire alors, hein ?

– On verra ça une autre fois. Qu'est-ce que tu cherches ? Laisse-moi deviner, Elizabeth Browning ?

– Non.

– Wallace Stevens ?

– Non plus.

– Dylan Thomas ?

– Pas du tout.

Quand j'ai trouvé le livre sur les étagères, j'ai tiré le fauteuil avec mille précautions pour ne pas réveiller tout le monde. Julian souriait déjà, à peine sauvé du naufrage dans lequel il avait semblé pris.

– Tu l'as acheté en français, en plus ? Quelle classe, Rosie.

– Ne t'emballe pas, va. C'est pour impressionner Isaac. Pour qu'il se dise : quand même, Rosie ce n'est pas n'importe qui, elle lit *L'Or* en français.

– C'est important pour toi de l'impressionner ?

– J'essaie juste de susciter un tout petit peu d'admiration chez lui. Je peux te dire que c'est très loin d'être gagné.

– Quel con. Je vais lui casser la gueule au petit-déjeuner.

Je me suis marrée tout en cherchant la page où je m'étais arrêtée.

– N'importe quoi. Alors voilà, Julian, on est partis. Tu es prêt ?

– Oui, Rosie. Donne-moi la main, j'ai tellement peur.

J'ai pris ses doigts froids entre les miens, sans le regarder, ignorant l'endroit où ça me piquait, là juste au coin des paupières, pour pas me mettre à déconner en pleurant ou je ne sais quoi de ce genre qui le ferait encore plus flipper. *Allez, fais pas ton idiote, lis, articule avec soin mais sans exagération non plus, envoie du bois, Rosie,* me suis-je dit, *tu peux faire au moins ça, non?*

«Des femmes, il y en a des femmes qui travaillent sur les placers, de rudes gaillardes, qui n'ont pas froid aux yeux et qui triment et qui crèvent à la peine tout comme les hommes. Elles bossent, elles sacrent, elles jurent, fument la pipe, chiquent du gros câblé noir tout en maniant la pelle et la pioche tout le long du jour, pour aller boire la nuit et perdre leur poudre d'or aux cartes...»

PATRICIA

Une petite conversation avec toi. 28

L'hiver est passé sans autre fait notable qu'une tempête de neige qui nous a séquestrés dans un gîte en montagne avec le vélo-club pendant deux jours. J'ai cru que Georges-Henri allait étrangler tout le monde, moi y compris car je ricanais à sa panique de se retrouver enfermé quarante-huit heures en notre merveilleuse compagnie.

Je téléphonais à Rosie de temps en temps, quand ça devenait trop difficile de voir Julian se débattre au milieu des vagues noires. Toutes les deux, on travaillait pour qu'il aille consulter un médecin à l'hôpital public de Saint-Étienne, on était si pleines d'espoir.

Ian essayait tant bien que mal de réconcilier Marianne et Julian, mais ni l'un ni l'autre ne le voulait, apparemment. D'après Rosie, il en était très affecté.

Elle projetait de venir bientôt, je me réjouissais de revoir sa silhouette de jeune fille à la jolie figure toujours un peu à l'ouest à cause des joints, et deviner dans ses yeux tout cet amour inquiet qu'elle éprouvait pour Julian, et qui me remplissait d'amitié pour elle.

Une après-midi où Julian et moi sommes au bord de l'eau, la douceur commence à frotter le gris de la rivière, des nuances plus gaies plus subtiles apparaissent. On s'est couchés hier encore en hiver, et ce matin, le printemps nous saute quasiment à la gorge. Le ciel très bleu, d'une intensité quasi déplaisante, me fait mal aux yeux.

Je contemple Julian qui dort sur la couverture, son visage lavé de ces choses qui agitent les paupières et froncent les sourcils, tout ce dérangement de la vie quotidienne qui nous accable. J'ai une étrange perception du temps en observant ses traits immobiles, sa poitrine qui se soulève avec régularité à chaque respiration.

J'ai une étrange perception du temps et je pense :

J'ai 5 ans.

J'ai 10 ans.

J'ai 15 ans.

J'ai mon âge.

J'ai 100 ans.

Aucune de ces choses n'a d'importance, ni de signification.

N'en aura plus.

Le monde commence et finit avec ton visage.

Mon corps et le tien flottent dans un espace aux frontières pourtant abolies, où ruisselle un temps qui défile à peine mais qui ne s'arrête pas non plus, il coule à son flux minimum pour empêcher les choses folles de trop stagner dans mon esprit.

Je m'allonge tout contre toi, tu te tournes aussitôt, tes yeux s'ouvrent à demi pour me regarder.

– *Hi there*, Patricia Rosset, dis-tu d'une voix que le sommeil a rendue encore plus hypnotique.

Je ne peux même pas répondre, j'enlève mon pull et je fais glisser mon pantalon sur mes hanches, agacée de ne pas me dépêtrer de la fermeture qui s'est coincée.

– Vraiment ? tu murmures en souriant. Tu plaisantes, j'espère ?

– Non, je ne suis pas d'humeur à plaisanter. Grouille. Vire ton jean pourri.

– Qu'est-ce qui se passe ? tu dis tout à fait réveillé en m'attrapant le poignet.

– Il se passe que je flippe complètement. Mon cerveau va exploser, juste en te regardant. Je dois trouver un moyen que ça n'arrive pas.

– Je peux t'aider avec ta fermeture éclair, si tu veux.

– Voilà, fais ça, ce serait vraiment gentil.

Après, il y a ton visage posé sur cette couverture à carreaux que je ne suis pas près d'oublier maintenant qu'elle s'est à jamais imprimée sur ma rétine, il y a tes mains sur mon ventre, ma taille, qui remontent sur ma poitrine. Les frissons me caressent autant que le flot de soleil qui coule par vagues sur mes épaules. Tes yeux grands ouverts à présent où défilent des couleurs qui passent du vert au bronze, toutes les foutues couleurs d'une saison qui se meurt, tes yeux, mon Dieu, il me semble qu'ils me traversent sans me voir ou me voient trop, deviennent d'une fixité qui me crucifie. Ils se ferment quelques secondes, faisant battre mon cœur d'une façon si vertigineuse que j'ai l'impression que cet abîme où je flotte va m'engloutir tout entière.

– Non, non, non, ne ferme pas les yeux, s'il te plaît. Ça me fait flipper, Julian.

– C'est toi qui me fais flipper. Parle-moi.

– J'ai peur. J'ai tellement peur.

– Tout le monde a peur. Sauf les menteurs, les inconscients et les cons. Et toi tu ferais les délices d'un psy, tu ne te confies qu'à ton mec et seulement pendant l'amour.

– N'importe quoi.

– Si, je suis très intéressé par ton cas. Ta sauvagerie me fascine.

– Tu n'as qu'à m'étudier, je m'en fous royalement. De toute façon, mon psychisme est en ligne droite ou en lacets, je ne m'intéresse qu'au vélo.

– Et tu te consacres aussi à me prendre pour un con. Tu lis quatre fois plus de livres que moi. Parle-moi encore.

– J'ai peur tout le temps, et j'ai envie de toi tout le temps.

– Les délices d'un psy, disais-je donc.

– Ferme-la, MacAffrey. Ou je m'en vais.

– Oh que non, tu n'as pas intérêt, tu restes où tu es, Rosset. On avance à tous points de vue dans cette très intéressante conversation. Ça me plaît beaucoup. Continuons comme ça.

Des gens passent sur le chemin, un enfant fait crisser son vélo sur la promenade en gravier en engueulant son chien qui s'énerve à son tour et aboie. Ils sont juste un peu plus bas, à quelques mètres, dans mon dos. Je les entends, ils sont trop près, beaucoup trop près. Mon cou flamboie, il est déjà marbré de rouge sang, je le sais.

– Putain, mais barrez-vous, je murmure les mains sur tes épaules pour que tu ne bouges pas. Et toi, tu arrêtes de te marrer ou je t'étrangle.

– Retire ce truc de communiante alors.

J'enlève ma blouse blanche dont j'étais si fière, en me disant, *Bon tant pis, il n'aime pas ma blouse blanche, so what? et de toute façon, blouse blanche ou pas, il est 16 heures, il y a plein de familles avec des gosses qui se baladent au premier soleil, ça va mal finir, on va se faire arrêter ou une chose de ce genre.*

Qu'est-ce que tu fous, Patricia? je me dis dépassée par moi-même, par ce qui arrive. Je suis complètement perdue, je ne sais même pas bien pourquoi. Je ne trouve pas d'explication autre que celle de ton visage sur lequel je me penche parce que j'ai si envie de t'embrasser, parce que je vais crever si ça n'arrive pas très vite – toi, tu m'attrapes par le cou pour m'en empêcher.

– Une seconde, Patricia.

– Quoi encore?

– Ne renonce pas à moi un jour de tristesse, ou trop facilement, parce que tu flippes ou parce que ce sera devenu difficile entre nous, d'accord?

Je suis en colère contre toi parce que tu dis des trucs comme ça, que je ne veux pas entendre, je suis bien trop occupée à faire en sorte que mon cerveau ne vole pas en éclats. Sans arrêt je vois la palombe qu'un chasseur abat en plein vol avec son fusil, même en gardant les yeux bien ouverts, je la vois comme je l'ai vue sur l'écran quand je regardais le documentaire à la télé, sursautant à cette image où juste après l'impact, son corps chute au ralenti, tombant avec un bruit mat sur le sol, ensanglanté et à jamais immobile.

Je me sens navrée par la grossièreté de mon imaginaire qui me désespère par sa pauvreté. L'humiliation me monte aux joues. *Tu es vulgaire, Patricia,* pensé-je, avec une vague envie de pleurer.

Je finis par le dire parce que tu as besoin d'entendre de jolies choses et qu'il faut que tout ne soit pas détruit tout le temps en permanence.

– Je te promets de ne jamais renoncer à toi, Julian.

– Pourquoi tu fais la grimace alors ?

– Tu saignes du nez.

– Je m'en fous.

– Ça va aller ?

– Ce n'est rien, ça m'arrive quand je suis sous le coup d'une émotion trop violente.

– Est-ce que tu peux faire en sorte que…

– Comme ça, tu aimes ?

– C'est parfait. Oh, mais mon Dieu, c'est tellement parfait, je veux juste mourir.

– J'ai l'impression de mourir aussi, ne bouge plus.

Je ne savais pas.

Je ne savais rien.

Je n'avais aucune imagination.

Je n'avais même pas songé qu'on pouvait renverser l'échiquier, jeter toutes les pièces à terre, en dessiner d'autres, les sculpter à notre main, inventer de nouvelles règles qui imposent seulement de jouer sous un ciel de printemps, très bleu.

Ne renonce pas à moi un jour de tristesse.... 29

En quittant le square, les mots prononcés par Julian l'été dernier me sont revenus en mémoire. *Ne renonce pas à moi un jour de tristesse, ou trop facilement, parce que tu flippes, ou parce que ce sera devenu difficile entre nous, d'accord?*

Je me suis sentie si conne d'avoir cédé aux larmes, à la suffocation primaire de la fille qui se fait larguer, alors qu'à l'évidence ce n'est pas à la hauteur de notre histoire, tellement pas.

Une fois Alix partie du square où nous avons discuté, je suis rentrée d'un pas plutôt tranquille. Déambulant dans la maison, Hurluberlu dans les bras, j'ai réfléchi à la façon dont j'allais m'y prendre. Comme je ne trouvais pas, j'ai sorti mon vélo du garage et j'ai filé sur le plateau. Rouler quelques heures me ferait le plus grand bien. J'ai laissé mon téléphone dans ma chambre pour ne céder à aucune impulsion irréfléchie. De toute façon, je n'avais pas l'intention d'appeler, ni d'envoyer le moindre texto, mais j'étais désormais prête à affronter beaucoup de choses.

Je ne t'aime plus/ J'ai rencontré quelqu'un/Je retourne avec Hanna, mais pas « C'est fini, Patricia. Toi et moi c'est fini, *darling* » qui était un genre de foutage de gueule qui lui ressemblait si peu que j'étais folle de colère.

– Je suis folle de colère contre toi, Julian, tu sais ? ai-je dit à haute voix pour exorciser la chose sur le chemin du retour.

Après l'avoir nettoyé au jet d'eau avec un soin maniaque, j'ai rangé mon vélo avant de me doucher moi aussi. Il était déjà 18 heures, la lumière commençait à décliner, comme une émotion qui se tasse doucement, elle s'étalait de façon moins dangereuse. La tombée du jour permettait enfin du silence pour réfléchir tranquille, ramasser à la pelle ces sensations contradictoires pour en faire un tableau ordonné. Sur lequel je lisais qu'à l'évidence tout clochait dans cette phrase, « C'est fini, Patricia. Toi et moi c'est fini, *darling* », ça n'allait pas, rien n'allait dans ces mots. Assise sur mon lit, j'ai ressassé cette phrase qui me paraissait absurde, sans pourtant comprendre pourquoi.

On a frappé à la porte, j'espérais tant que ce soit Julian. Je me suis recomposé un visage froid avec beaucoup d'altitude dans le regard parce que j'avais envie d'être distante d'abord avant de dire « Je ne te pardonnerai jamais cette phrase minable de ce matin, mais je t'aimerai encore plus pour te faire oublier que je ne te pardonne pas, deal ? ».

Aline est apparue sur le seuil.

– Il y a quelqu'un pour toi, Patricia.

Un immense soulagement m'a traversée de la tête aux pieds.

– C'est Julian ?

– Non, ma chérie, a-t-elle dit les yeux agrandis, comme pris dans une stupéfaction dont elle ne revenait pas elle-même, c'est Rosie.

– Rosie ? Qu'est-ce que tu fais là ? Tu devais venir dans quinze jours, non ? Tu as avancé ta venue, je suis bien contente.

Comme elle restait sur le pas de la porte, je lui ai fait signe, ben viens Rosie, entre, voyons. Sauf qu'en la regardant plus attentivement, j'ai eu l'impression qu'elle marchait vers moi comme dans une cathédrale à ciel ouvert, pieds nus sur les dalles jonchées de verre brisé.

J'ai pris conscience que quelque chose n'allait pas, là non plus. Alors j'ai paniqué, je me suis mise à parler, à raconter tout et n'importe quoi, le coup de téléphone de Julian très tôt ce matin, ces quelques mots négligents qui m'ont indignée car ils ne lui ressemblaient pas et dont je voulais discuter avec lui.

– Ce n'est pas que le type que j'aime, Julian, c'est aussi mon meilleur ami, tu savais ça, Rosie ?

– Je vous laisse, a dit Aline en refermant la porte.

Rosie s'est assise à côté de moi, elle a pris ma main qui s'est glacée au contact de ses doigts froids.

Je vois ta bouche, Rosie, qui articule des mots pour dérouler la chronologie d'un événement envoyant des larsens dans mon cerveau qui ne veut pas comprendre. Tu expliques le déroulement de ta journée depuis ce matin à cette après-midi, jusqu'à la minute même où tu me parles ce soir. Tu me prends dans tes bras, j'étouffe, Rosie, comme j'étouffe, je te repousse, je dis attends, attends, je ne peux pas respirer, je vais vers la fenêtre, non ne t'inquiète pas Rosie, je ne vais pas me jeter par la fenêtre, c'est que je suffoque tant, je veux juste de l'air, ouvrir la fenêtre, donnez-moi de l'air je ne peux plus respirer, de l'air, je vous en supplie.

Elle est restée assise, me regardant avec une intensité brûlante, inquiète. Je tremblais de la tête aux pieds, prise d'un vertige qui ne me faisait pourtant pas vaciller alors que tout ce que je demandais, c'était tomber comme une pierre.

– Comment ? j'ai demandé.

Elle a secoué la tête avec violence, refusant de répondre. J'ai serré les pans de mon gilet autour de moi, j'ai tellement froid soudain, j'ai répété encore une fois « comment ? », deux fois, trois fois, obstinément.

– Qu'est-ce que ça peut faire ? Qu'est-ce que ça change ? a dit Rosie, en caressant de façon mécanique l'intérieur de son poignet, là où la peau est si fine.

J'ai compris aussitôt au geste qui lui a échappé comment c'est arrivé. Elle s'est mordu les lèvres en disant mon Dieu que je suis conne, quelle horrible conne je suis. Le corps secoué de sanglots, elle se tenait à genoux sur mon lit, on aurait dit une suppliante ou une pleureuse, moi j'ai poursuivi sur ma lancée.

– Est-ce qu'il a eu mal ? Ça prend combien de temps exactement ? Combien de litres de sang s'écoulent avant qu'on perde connaissance ? Qu'est-ce qu'il a utilisé ? Est-ce qu'il a pris des médicaments, tu sais, pour être dans les vapes ? Dans ce cas, on est lucide quelques minutes seulement ou davantage avant que ce soit fini ? Des fois on boit beaucoup avant, et on prend aussi des somnifères pour être bien sûr… Est-ce qu'il a souffert longtemps ? Combien de temps, ça met, Rosie, avant de…

– Arrête, elle a supplié en se levant, l'effroi et le

chagrin consumaient son visage, arrête, elle a répété, arrête Patricia, alors que le flot de questions continuait à se déverser de ma bouche pleine de mots très précis. S'avançant d'un pas rapide jusqu'à moi, elle m'a donné une gifle retentissante et je me suis écroulée, enfin.

Allongées sur le lit, on n'a pas dormi, les heures défilaient devant nos yeux grands ouverts. C'est Ian qui a découvert Julian, mais il était déjà trop tard. Marianne, Isaac et Rosie, alertés par Ian, sont venus dès qu'ils ont pu. Heureusement, ils ont pu prendre un vol direct Londres-Lyon, depuis Gatwick. Isaac a loué une voiture pour récupérer Hanna chez elle et venir jusqu'ici avec elle. Elle était à présent chez Ian et Marianne.

– Tu veux aller là-bas ? a demandé Rosie.

– Non, ai-je dit. Je ne veux aller nulle part.

– On ira à la morgue plus tard.

– Non. Je ne vais pas supporter.

Il était 7 heures quand Rosie m'a donné un café qu'elle est allée chercher en bas. Ni Alix ni Aline ne sont montées, il n'y avait que Rosie que j'acceptais. Elle a attendu que je finisse la tasse pour me prévenir qu'elle avait mis un calmant dedans.

– On est toujours trahi par les siens, c'est bien connu, j'ai murmuré en lui caressant la joue.

Je l'ai entendue dire un truc que je n'étais pas sûre de comprendre, qu'elle a répété à plusieurs reprises.

– Non, ai-je dit tout net, je n'irai pas au cimetière non plus.

– Oh que si, tu vas venir, crois-moi, a affirmé Rosie.

Elle a fouillé dans mon placard en sortant des pantalons, des chemises qu'elle a dépliées. J'ai eu un haut-le-cœur quand elle a pris le cintre où était suspendue la robe noire que j'avais portée à l'enterrement de mon père et que je n'avais jamais remise.

– Je ne peux pas ! j'ai hurlé, tu comprends ça que je ne peux pas ?

Elle a lâché le vêtement qu'elle tenait et s'est approchée de moi. Elle m'a forcée à m'allonger sur mon lit et elle s'est blottie contre moi de tout son long, elle a bloqué mes bras pour que je ne puisse pas bouger parce que je cherchais à m'enfuir. Elle a dit ces choses qui me stupéfiaient, qui ne pouvaient être dites que par Rosie, parce que n'importe qui d'autre on le foutrait à la porte ou on lui crierait dessus jusqu'à ce qu'il la ferme.

– Je resterai à ton côté jusqu'à mon dernier souffle, Patricia, tu m'as gagnée pour le reste de ta vie, je serai ton amie pour toujours, je vais adorer ton prochain mec, ça se trouve il sera anglais aussi, je ne sais pas pourquoi je te vois bien vivre un moment à Londres, tu es amoureuse de cette ville, tu me l'as dit à chaque fois que tu es venue et de toute façon ça se voit comme le nez au milieu de la figure que tu adores Londres, mais là maintenant tout de suite, tu vas m'écouter, tu vas venir à l'enterrement, je te garantis que tu viendras parce que je ne te laisse pas le choix, je t'y traînerai de force, s'il le faut on s'y prendra à deux avec Isaac, après on va rentrer à Shoreditch, tu vas travailler avec Isaac dans son restau quelque temps, il cherche une serveuse, je l'ai appelé tout à l'heure, je lui ai dit Isaac, ne cherche plus, c'est Patricia qui va travailler avec toi, elle repart avec nous après l'enterrement, et aussi, sache que pour cette histoire de rupture au téléphone ce matin c'est bidon, c'est de la merde, Julian était amoureux de toi, et te jeter avec une phrase minable, c'est tellement pas lui, alors tu comprends bien ce qu'il a fait, n'est-ce pas ?, il te libère d'une tentation que tu pourrais avoir et crois-moi aussi sur ce point, je veillerai à ce que tu n'y cèdes pas, il t'empêche avec ces quelques mots pourris d'être une espèce de loque qui lui resterait fidèle, ou un horrible truc de ce genre, il défait un lien entre vous, il n'efface pas ce qu'il éprouvait pour toi, et si ça ce n'est pas une putain de preuve d'amour.

Au cimetière, on s'est avancées enlacées avec Rosie parce que j'avais les jambes qui tremblaient. J'avais si peur que mon corps cède, que je glisse jusqu'à terre même si je résistais de toutes mes forces à cette tentation, parce qu'en réalité je ne voulais plus que ça, glisser au sol, me recroqueviller et ne plus jamais bouger. Il y avait tout un tas de gens que je voyais et que je ne voulais pas voir, j'ai laissé mon regard glisser sur eux. Je me suis arrêtée un instant sur Georges-Henri qui a hoché la tête, je n'ai pas aimé son expression que je trouvais pleine de pitié alors je n'ai pas répondu à son hochement de tête, va te faire foutre avec ta pitié, Georges-Henri. Gabriel m'a regardée intensément en m'envoyant autant de force que possible alors à lui j'ai souri comme j'ai pu, je savais que mon sourire manquait d'intensité mais je me suis dit froidement que ça ferait l'affaire. Isaac s'est approché et j'ai chuchoté Isaac, Isaac, je ne vais pas y arriver, je ne vais pas supporter la minute qui suit, même la seconde qui suit, je ne vais pas pouvoir la supporter tu sais, il m'a embrassée sur le front, chuchoté à son tour, c'est parce qu'on ne mesure jamais ce qu'on est capable de supporter avant que les circonstances nous y forcent que tu penses ça, il m'a serrée tellement fort contre lui que j'étais obligée de lui dire qu'il me faisait mal, pardon, il s'est excusé, a répété pardon, pardon, plusieurs fois, je lui ai répondu, ne t'en fais pas, c'est moi, c'est ma faute, je suis devenue de la glaise. Ian m'a contemplée un très long moment mais j'étais incapable de lire ce qu'il y avait dans ce regard que j'ai soutenu pourtant parce que je ne croyais pas qu'il y ait eu quelque chose de mauvais dans ces pupilles bleues, presque immobiles, Marianne s'est appuyée alors sur son épaule, et tout de suite, il s'est détourné pour l'enlacer.

Le prêtre a dit «Julian était un garçon aimé de tous, il était chaleureux et profondément gentil. J'ai quelques fois eu l'occasion de discuter avec lui, il aimait bien allumer des cierges en prenant toujours soin de mettre des sous dans la boîte, *just for fun but with respect,* disait-il avec ce sourire irrésistible que vous connaissez tous. Julian, vivait hélas entouré par les loups, qu'il savait tenir à distance avec cette grâce particulière qui était la sienne, mais cette grâce-là ne suffit pas toujours, et ce jour-là, le dernier jour de sa vie sur terre, les loups l'ont dévoré, et Dieu désormais l'accueille, le front lisse, le cœur tranquille, délivré de la menace permanente des loups, ainsi que le Seigneur l'a voulu pour lui dans son immense bonté...»

– Connard, j'ai chuchoté, sale connard.

– Patricia, m'a reprise Rosie, à mon côté.

– Putain, je vais foutre le camp, j'ai dit.

– Essaie pour voir et je te jette dans la fosse.

– Je ne demande pas mieux, c'est là que je veux être.

– *Shame on you*, a-t-elle dit, et j'ai compris à ses larmes qu'elle était vraiment furieuse.

Près de Ian qui tenait Marianne par la taille – elle avait l'air d'une enveloppe vide –, Hanna m'observait avec acuité. Elle ne nous avait pas entendues mais avait sans doute lu sur nos lèvres, ou du moins avait compris l'essentiel. Elle a quitté sa place d'un pas vif et est venue près de moi, je me suis dit qu'elle allait se mettre à m'engueuler ou pire. Elle s'est penchée pour que nos têtes se touchent un instant, « Arrête ça, Patricia, ça ne rendra pas ta douleur plus supportable », puis elle a pris ma main, je ne m'y attendais tellement pas. Les larmes ont recommencé à couler sur mes joues, j'ai serré fort ses doigts entre les miens, leur chaleur s'est diffusée sur ma peau glacée.

Je n'écoute plus le prêtre, j'ai juste conscience de la beauté de cette journée à la lumière subtile, l'odeur suffocante de la couronne de roses qui me soulève le cœur, le bruissement du vent dans le feuillage des chênes centenaires, cet endroit est si magnifique, un paysage miraculeux qui se jette quasiment au pied de la montagne commençante. J'entends le murmure des oiseaux, ces putains d'oiseaux qui pépient leur bonheur alors que des types qui dégoulinent de sueur descendent avec des cordes ton cercueil dans la fosse.

30. Six petits mots, pour aller jusqu'au petit matin

Je suis soulagée de quitter cette chambre – ma chambre que je ne supporte plus car j'y vois Julian où que je regarde. Après un dernier coup d'œil pour vérifier que je n'avais rien oublié, je suis descendue avec ma valise, sans états d'âme.

J'ai embrassé rapidement Alix, je me suis laissé étreindre par Aline en retenant ma respiration. Je ne supporte plus qu'on me touche, à part quand Rosie, de sa façon irrésistible, effleure mon épaule, ou me prend par la taille lorsque je vacille d'insomnie de fatigue de chagrin. Même si au bout de quelques secondes j'ai envie de hurler si sa peau reste trop longtemps au contact de la mienne. Elle le sent tout de suite, s'écarte aussitôt que je peux m'appuyer à une table, un mur.

Je comprends très bien ce qui se passe, c'est simple en fait – si toi tu ne peux plus me toucher, alors personne ne le peut.

Je suis montée dans le taxi avec Isaac et Rosie pour aller à la gare. Une fois à Paris, on a attendu l'Eurostar en mangeant des sandwichs au beurre rance et au jambon quasi glacé. J'ai retenu un sourire car Isaac n'avait même pas le courage de râler pour nous distraire. Aucun de nous n'a fini son frugal dîner. À St Pancras, Rosie s'est décomposée au moment où on est passés devant le bar à champagne. Isaac nous a enlacées, nous a serrées contre lui, nous forçant à avancer toutes les deux vers Shoreditch.

– Encore un peu de courage, on est presque arrivés, a-t-il dit d'une voix ferme.

Rosie a ouvert la porte de la maison, je me suis penchée pour prendre dans mes bras Sommerset qui attendait dans l'entrée.

J'ai évité de regarder vers la chambre où on dormait avec Julian quand on venait à Londres. Le nez plongé dans le pelage de Sommerset pour cacher mes yeux brûlants de larmes, j'ai dit d'un ton hésitant :

– Rosie, s'il te plaît…

– Ne t'inquiète pas, tu vas t'installer dans l'autre chambre, celle au fond du couloir. Elle est plus petite, mais c'est en attendant, on va trouver une…

– Ça ira très bien.

Isaac a préparé un énorme pot de tisane de thym frais qui embaumait aussi la menthe car il avait froissé quelques feuilles fraîches dedans. On s'est installés autour de la table, on a bu en silence, infiniment conscients de la cruauté d'être ensemble sans toi. Isaac a coupé des tout petits morceaux de chocolat très noir très amer qu'on a croqués pour lui faire plaisir.

– Je pars à 5 heures demain matin. Il faut que j'aille au marché aux poissons. Est-ce que tu as envie de m'accompagner ou tu me rejoins au restaurant plus tard ? m'a-t-il demandé.

– Je viens avec toi.

– Si tu as besoin de quelque chose cette nuit, réveille-moi, d'accord ? a dit Rosie.

Je n'arrivais pas à dormir. Il me semblait que je ne pourrais plus jamais dormir. Pour ne pas rester les yeux ouverts dans le noir, j'ai fini par me lever. Je n'ai pas été étonnée de trouver Rosie dans sa pièce préférée. Elle fumait un joint, à sa place favorite, tout près de la fenêtre. Elle a tourné la tête quand je suis entrée, son visage était baigné de larmes.

– J'attends qu'il m'appelle en disant de sa voix joliment traînante « *Hey, Rosie, I am freaking out, can we talk ?* ».

J'ai pris sa douce figure entre mes mains, j'ai embrassé ses joues, son front, pendant qu'elle sanglotait éperdument. Moi j'ai les yeux secs, c'est autre chose qui m'arrive.

Comme une sorte de révolte sourde qui refuse d'inscrire durablement ta disparition dans mon esprit.

Comme si la douleur devait recommencer depuis le début à chaque fois, qu'elle ne devenait jamais un savoir que mon cerveau accepte, mais une répétition épuisante qui me brise sans arrêt.

Je sais bien que je ne te verrais plus jamais entrer dans une pièce où je suis, me trouver d'instinct et me sourire de ce sourire hypnotique qui me soulevait de terre, à chaque putain de fois.

Sauf que je n'arrive pas à l'accepter, je n'arriverai jamais à l'accepter vraiment, ce sera toujours inadmissible pour moi.

Cinq ans plus tard.

Installée dans le café en face du restau d'Isaac, j'ai posé mon carnet sur la table puis j'ai commencé à écrire parce que ces dernières semaines, j'ai largement eu le temps de penser quoi écrire justement.

Dearest Julian,

Je ne vais plus me complaire dans cet état éthéré où je suis depuis quelques années, comme si je ne pouvais plus raccrocher les wagons avec l'existence, ou me mouvoir harmonieusement dans la réalité, même si on ne peut pas dire qu'elle est follement attirante, la réalité.

Sors des brumes, Patricia, j'ai l'impression de parler à une fille qui flotte dans l'éther, m'a dit un type que j'ai rencontré dans un pub, parce que les fêtes, je n'y vais pas, je n'y vais plus. J'ai bien aimé ces mots parce que c'est le genre de choses que tu aurais pu dire, et ça tombe bien, c'est le genre de choses que j'ai envie d'entendre maintenant. Le type a disparu de ma vie car j'ai tout fait pour cela, mais la phrase m'est restée.

Je vais me faire une belle vie, tu sais, ou la moins moche possible disons, sauf que j'ai mis beaucoup trop de distance entre moi et le reste du monde, ne voyant presque plus que Rosie et Isaac et leurs copains, alors il va falloir travailler un peu pour ouvrir à nouveau la porte. Les rares fois où je danse c'est seule dans ma chambre, il n'y a rien de plus triste à mon sens. Alors maintenant je vais me faire des amis délicieux auxquels je ne parlerai pas de toi, ou si peu, je vais embrasser des types aussi, bien sûr, mais mieux que je ne l'ai fait ces derniers temps où ma vie amoureuse n'a pas été vécue avec un grand entrain, c'est rien de le dire.

Même si mon prochain mec ne saura pas vraiment pourquoi je serai toujours un peu absente, mais au bout du compte, on s'en fout tellement de ces petites choses que personne ne voit, n'est-ce pas ? Comme on se le répétait souvent toi et moi, avec un brin d'arrogance me dis-je maintenant, personne ne connaît vraiment personne, sauf toi et moi qui nous connaissions d'instinct et comme personne d'autre que nous ne le pourrait. J'ai l'impression assez tenace que je ne me remettrai jamais de t'avoir rencontré, il y a du beau là-dedans mais il y a aussi de l'horrible parce que rien n'arrive à se hisser à la hauteur de cet événement de ma vie : t'avoir rencontré. L'autre jour, Rosie m'a donné un de tes livres préférés, la correspondance d'Emily Dickinson, que tu aimais beaucoup, je le sais. Il y a ces quelques mots que tu as soulignés « I am out with lanterns. Looking for myself* ». *C'est ce qui m'est arrivé avec toi, je me suis rencontrée en te rencontrant, j'ai appris qui j'étais, je me suis trouvée, et malgré l'obscurité, je suis devenue moi. J'ai l'intuition qu'il me reste du temps avant que la nuit définitive ne se pointe, alors il faut que je prenne plus soin de ma vie que ce que j'ai fait jusqu'ici. Rosie m'a présentée à une femme qui travaille dans une maison d'édition pour laquelle elle traduit. Cette personne – Gemma – cherche une assistante pour l'aider à vendre des droits de livres anglais en France. Mon profil est intéressant selon elle, alors je commence lundi, on verra dans six mois si je conviens. J'essaie de toutes mes forces d'y croire, me forçant ainsi à croire que j'ai un avenir, que le temps va reprendre sa marche, m'entraînant inéluctablement avec lui, au lieu que je reste épinglée pour toujours sur la noire diagonale.*

Tu me manques horriblement, parfois tant que j'ai besoin de me coucher dans mon lit en fermant très fort les yeux tellement ça me fait mal. Me recroqueviller quelques minutes, quelques heures, ou une journée entière quand je débloque vraiment, le fait même de continuer à respirer n'a plus rien d'évident alors. Ça sera toujours comme ça, je le sais maintenant, mais j'aimerais bien que cela ne le soit plus aussi souvent.

Pour le reste, ce qui a existé une fois ne peut pas exister deux fois. Ça ne va pas être possible d'aimer comme ça à nouveau. Je n'y crois pas, même pas un centième de seconde. Et je n'y tiens pas du tout du reste, alors voilà une affaire définitivement réglée. Ce que je peux faire en revanche, c'est cesser de tout gâcher sans arrêt avec des mecs auxquels je plais pour qu'il n'y ait personne d'autre que toi.

Quand je passerai en France cet été, je viendrai m'asseoir près de ta tombe – comme toujours, je viendrai sans fleurs, c'est tellement pas nous les fleurs, j'apporterai en revanche un tas de crocodiles rouges, verts, orange que je mangerai en silence. Ne te fous pas de ma gueule, j'ai besoin de faire ça, une toute dernière fois.

À présent, je te dis salut mon cœur, à un de ces jours mon amour, parce que peut-être tout au fond de moi, il reste une drôle de prière que font les personnes qui finissent par croire en Dieu quand les nuits sont d'un marbre plus froid que le froid lui-même, six petits mots chuchotés dans le noir qui aident à aller jusqu'au petit matin, même s'ils sont scandaleusement pauvres et tellement primitifs, des mots désespérés comme see you on the other side.

Sauf que je ne veux plus noyer ma vie tout entière dans ces mots, je ne veux plus que ce soit eux qui me commandent désormais. Parce que j'ai encore deux ou trois choses à vivre, avec sans doute le cœur un peu en retrait parce que ce qu'il y avait de plus beau en moi est mort avec toi, mais quand même, j'ai bien envie de continuer mon chemin, tu sais, avec une boussole secrète pour me guider dans l'exploration de l'existence, une boussole constituée de ces mots provocants, fascinants, et cruels aussi, que tu portais tatoués sur ton bras : Qu'est-ce qu'on fout ici.

Traduction des passages en anglais

p. 111:

– Julian! How are you?

– Not quite all right, tonight.

– Give me a minute, but stay with me, okay?

– Don't think it can be like I could go anywhere right now.

– Julian! Comment vas-tu?

– Pas tellement bien, ce soir.

– Donne-moi une minute, mais reste avec moi, okay?

– Ce n'est pas comme si j'avais un autre endroit où aller.

p. 111:

– Quit this bloody bad fucking habit, Rosie.

– Says the guy who drinks too much. You know that I can't (...)

– Try your luck (...)

– Never heard of this song. So, poems?

- Nope. A novel, this time. The novel.

– I am listening, Julian. As long as you want. We have the whole night.

Listen to the most beautiful page ever, Rosie.

– Renonce à cette putain de mauvaise habitude, Rosie.

– Dit le type qui boit trop. Tu sais que je ne peux pas (...)

– Tente ta chance (...)

– Jamais entendu parler de cette chanson. Alors, des poèmes ?

– Non. Un roman, cette fois. Le roman.

– Je t'écoute, Julian. Aussi longtemps que tu voudras. Nous avons toute la nuit.

– Écoute, la plus belle page de toutes, Rosie.

p. 156 :

Why on earth didn't you come with her? (...) *Because she would have said no, Isaac* (...)

– Pourquoi diable n'es-tu pas venu avec elle ?

– Parce qu'elle aurait dit non, Isaac.

p. 175 :

Shoreditch sucks without him.

Shoreditch craint sans lui.

p. 179 :

Let's adore and endure each other

Adorons-nous et supportons-nous les uns les autres.

p. 201 :

– *It's raining hard outside. Look at your hair. Don't catch your death, eh,* a-t-il dit d'une voix douce.

– Il pleut à torrents dehors. Regarde tes cheveux. N'attrape pas la mort, hein.

p. 234 :

« I am out with lanterns. Looking for myself. »

Je suis dehors avec des lanternes. À la recherche de moi-même.

Si quelque chose ne va pas, n'hésitez pas à en parler. En appelant, par exemple, l'un de ces numéros :

Numéro national souffrance
et prévention du suicide: 31 14
24h/24 – 7j/7

Suicide Écoute
Association de prévention du suicide
régie par la loi de 1901
Tel : 01 45 39 40 00
24h/24 – 7j/7
http://www.suicide-ecoute.fr

SOS Suicide Phénix
Tel : 01 40 44 46 45
De 13h à 23h
http://www.sos-suicide-phenix.org

ON LIT
PLUS
FORT.
COM

L'ACTUALITÉ DES ROMANS
GALLIMARD JEUNESSE

Mise en page : Françoise Pham

Loi n° 49-956 du 16 juillet 1949
sur les publications destinées à la jeunesse

ISBN : 978-2-07-517267-7
N° d'édition : 540931
Dépôt légal : janvier 2023

Imprimé en Italie par Grafica Veneta S.P.A.